Und freitags kommt der Austernwagen

Coverzeichnung: Mö de Lanfé

Bibliografische Information der Deutschen Nationalbibliothek:
Die Deutsche Nationalbibliothek verzeichnet diese Publikation
in der Deutschen Nationalbiografie;
detaillierte bibliografische Daten sind im Internet über
http://dnb.dnb.de abrufbar.

© 2019 Chavent, Kerstin
Herstellung und Verlag: BoD – Books on Demand, Norderstedt

ISBN: 9783734737053

Kerstin Chavent

Und freitags kommt der Austernwagen

Bereits erschienen

Krankheit heilt. Vom kreativen Denken und dem Gespräch mit sich selbst, Omega 2014

La maladie guérit. De la pensée créatrice à la communication avec soi, Quintessence 2014

Traverser le miroir. De la peur du cancer à la confiance en la vie, L'Harmattan 2016

Das Licht fließt dahin, wo es dunkel ist. Zuversicht für eine neue Zeit, Europa-Verlag 2017

Was wachsen will muss Schalen abwerfen. Die Enthüllung eines Krustentieres, BoD 2018

La feuille qui ne voulait pas tomber de l'arbre, BoD 2018

Die Waffen niederlegen. Die Botschaft der Krebszellen verstehen, Scorpio 2019

Für das einfache Leben

Inhalt

Im Herzen des Languedoc	11
Alles ist möglich	15
In einem kleinen Winzerdorf	31
In Vielfalt zusammen	53
Zu Tisch!	67
Gemeinsam gestalten	79
Lebens-kunst	96
Wahlverwandtschaften	108
Rezepte	125

Im Herzen des Languedoc

In einem kleinen Winzerdorf im Süden Frankreichs, umgeben von Weinfeldern und Olivenplantagen, geht der Alltag eigene Wege. Hier leben die Menschen nicht, weil sie es müssen, sondern weil sie es wollen. Viele haben Lust am Gestalten. Sie warten nicht darauf, dass man ihnen etwas vorsetzt. Sie machen selbst.
Es sind Menschen aus allen Himmelsrichtungen, die hier zusammen leben, so verschieden wie die Umstände, über die sie hierher gekommen sind. Über sie webt sich von einem Dorf aus, das keine sechshundert Seelen zählt und in dem es außer einer Kirche, einem Rathaus, einer Burg, einer Weinkooperative, drei unabhängigen Winzern, zwei Bushaltestellen und einem Briefkasten nichts gibt, ein Netz von Verbindungen, dessen Fäden bis weit in die Welt hinaus reichen. Von hier aus beginnt eine Reise durch die Gepflogenheiten französischer Kultur und dem, was die Zugezogenen dazu beitragen. Es wird erkundet, gestaunt, gestolpert, in Fettnäpfchen getreten. Und es wird gekocht und zusammen gegessen.

Immer wieder geht die Kultur Frankreichs durch den Magen. Kaum irgendwo drückt sich Kreativität reichhaltiger und vielfältiger aus, als in der alltäglichen Küche und kaum etwas verbindet Menschen auf authentischere und freundschaftlichere Weise miteinander als das gemeinsame Essen. In einem Land, in dem in vielen Häusern zwei Mal am Tag gekocht wird, mangelt es nicht an Ideen. Nichts ist erfunden – außer die Rezepte, die diese Reise begleiten. Viele Male sind sie ausprobiert worden und immer wieder ein bisschen abgewandelt, je nach Jahreszeit, Marktangebot und Stimmung.

Kochen ist ein alchimistischer Prozess, in dessen Resultaten sich immer auch das wiederfindet, was den Zubereitenden gerade beseelt. Und so sollen die Rezepte, die das Erzählte begleiten, keine strikten Vorgaben sein, sondern vor allem dazu inspirieren, ein Stück von sich selbst mit anderen zu teilen. Hierbei darf und soll improvisiert werden. Es soll dazu angeregt werden, mit allen Sinnen hinzuspüren, zu tasten, zu schnippeln, zu rühren, zu dünsten, zu braten, zu backen – und dann gemeinsam zu Tisch zu gehen und zu genießen.

Die Autorin ist keine Spezialisten in Sachen Gastronomie. Bis ich vor zwanzig Jahren nach Frankreich kam, habe ich mich überwiegend von Käsebrot ernährt, um mich an manchem Wochenende in der guten Landküche meiner Mutter wieder aufpäppeln zu lassen. Was ich zubereite, muss möglichst einfach sein und einigermaßen schnell gehen.

Doch ich bin nicht allein. Ich teile meine Küche mit meinem Mann, der, wie viele Franzosen, ein hervorragender Koch ist. Er ist der *Chef* – am Herd, wohlgemerkt. Während es bei mir oft nicht länger als 20 Minuten dauert, bis ein Gericht auf den Weg geschickt ist, kann er Stunden am Herd verbringen. Von uns beiden hat er die Geduld, was auch daran liegen mag, dass er in seinem Leben außerhalb der Küche Goldschmied ist.

Zu unseren eigenen Kochideen gesellen sich hier die Rezepte derer, die unser Leben begleiten. Sie alle sind geprägt von den Zutaten und dem *savoir-faire*, die der Süden zu bieten hat. Es wurde darauf geachtet, dass alles, was man für die Zubereitung braucht, problemlos auch anderswo zu erhalten ist.

Es ist eine Küche, für die man keine langen Einkaufslisten braucht. Viele der Zutaten befinden sich in den Vorratsschränken derer, die Freude am Kochen haben: gutes Olivenöl, verschiedene möglichst naturbelassene Salz- und Pfeffersorten, frische Gewürze wie Kräuter der Provence,

Thymian, Koriander, Kardamom, Kreuzkümmel, geriebene Orangenschale, Safran, Knoblauch, Ingwer- und Kurkumaknollen, gemahlene Mandeln, ... Alles andere ist möglichst frisch, möglichst naturbelassen, möglichst lokal und immer saisonal.

Damit geht die Reise los, hinein in la *douce France*, das sanfte Frankreich mit seinen mehr als sechs Ecken und Kanten, mit seiner Verschiedenartigkeit, seinen Widersprüchen und seinen Kuriositäten. Vor genau zwanzig Jahren habe ich es mir ausgesucht, hier zu leben. Im Burgund zunächst, dann im Languedoc, das heute *Occitanie* genannt wird. Hier nehme ich den Faden einer Erzählung auf, deren Protagonisten alle aus Fleisch und Blut sind. Im Fluss der Erzählung vermischen sich ihre und unsere Rezepte, so wie sie in freier Inspiration zu den jeweiligen Situationen passen. Alle zusammen erscheinen noch einmal im Anhang und wünschen *bon voyage et bon appétit!*

Alles ist möglich

Tapenade

*Entkernte grüne und schwarze Oliven,
Kapern, Anchovis, gemahlene Mandeln, 1 Knoblauchzehe,
Saft einer Zitrone, Olivenöl und Pfeffer
im Stabmixer zu einer streichbaren Paste verarbeiten.*

An einem zu Ende gehenden Spätsommertag bläst der Mistral den Himmel blau. Kein Strandtag heute. Das Rauschen der hohen Palme am Ende des Gartens hört sich an, als würde es regnen. In Schwärmen ziehen die Urlauber in den Norden zurück. Kraniche, Wildgänse, Schwalben und Stare beginnen, sich auf den entgegengesetzten Weg vorzubereiten. Die halbe Welt war hier zu Gast: an den langen Sandstränden zwischen der Camargue und der Küste Kataloniens, zwischen den Ausläufern der Cevennen und den Pyrenäen und in den zerklüfteten Schluchten des Flusses Hérault, der dem Département seinen Namen gibt.

Ich bleibe. Wie in jedem Jahr genieße ich das Ende der Ferien. Als ich aus dem Norden hier angekommen bin, habe ich mir genau überlegt, ob ich in einem Land leben will, in dem man das Wort *Gemütlichkeit* nicht nur nicht aussprechen kann, sondern auch nicht versteht, was es bedeutet. Das Leben spielt sich die meiste Zeit draußen ab und das Interieur ist Nebensache. Die Häuser sind oft schlecht isoliert, die Bars und Cafés erstrahlen in grellem Neonlicht und die hübschen provenzalischen Holzstühle werden nach zehn Minuten höllisch unbequem.

Mit meinem ersten französischen Ehemann bin ich nach ein paar Jahren im Burgund auf einem alten, versteckten Weingut zwischen Aniane und Puéchabon angekommen. Nachdem die

Wogen seiner ozeanischen Liebe auf meine mexikanische Freundin übergeschwappt waren, hatte ich in Hamburg eine Stelle als Lehrerin zur sofortigen Verbeamtung angenommen. In dem Moment, als mein Vertrag im Büro meines Schulleiters auf meine Unterschrift wartete, riss ich das Steuer wieder herum und fuhr zu Beginn der Sommerferien mit wehenden Fahnen zurück in den Süden.

Die Palme hoch über meinem Kopf rauscht, als flüsterte sie mir Geschichten aus alten Zeiten zu. Es ist viel passiert, seit ich alleine ein kleines Winzerhaus in Aniane bezogen hatte, ohne zu wissen, von was ich meine Miete bezahlen sollte. Nur eines wusste ich: Mit diesem Schritt, mit dem ich wieder einmal alle Sicherheiten hinter mir gelassen hatte, wurde alles möglich. Ich hatte nichts mehr zu verlieren.

Zu diesem Zeitpunkt zählte man in Aniane 2.000 Einwohner und siebenunddreißig verschiedene Nationalitäten. Das vereinfachte das Einleben. Denn an die *gens du cru*, die Einheimischen, kommt man als Zugezogener nur schwer heran. Selbst die, die aus dem Nachbarort kommen, bleiben oft ein Leben lang Fremde. Das ist nicht verwunderlich für Menschen, für die eine Fahrt auf die andere Seite Montpelliers einer Reise ins Ausland gleichkommt.

Ich war nicht nur nicht von hier, sondern entstammte zudem einer Nation, gegen die man im letzten Jahrhundert zwei Mal Krieg geführt hatte. Man begegnete mir mit höflicher Distanz und beschäftigte sich ansonsten mit seiner eigenen Familie. Mit den Nordlichtern, die seit den sechziger Jahren die verfallenden Häuser in den Dorfkernen kaufen, die lange keiner haben wollte, kann man hier ohnehin nicht viel anfangen. Man hat gute Geschäfte mit den Amateuren alter Steine gemacht, die ein Vielfaches von dem zahlten, was sie selbst bereit gewesen wären zu investieren. Ein bisschen jedoch nehmen es die Einheimischen übel, dass sie heute nicht selbst in den hübsch renovierten Mauern leben, sondern Bleichgesichter, die dem Charme von flirrender Sommerhitze, zirpenden Insekten und Lavendelfeldern verfallen sind.

Ratatouille

*Auberginen halbieren, in Streifen schneiden und in einem großen Topf in Olivenöl anbraten.
Gegebenenfalls etwas Wasser hinzugeben.
Zucchini und Schalotten in Scheiben schneiden und anbraten.
Zu den Auberginen in den Topf geben.
Tomaten halbieren und in Stücke schneiden, anbraten und dann, wenn sie einen Teil ihrer Flüssigkeit verloren haben, zu dem restlichen Gemüse geben.
Mit frischem Knoblauch, Salz, Pfeffer, Kräutern der Provence, geriebener Zitronenschale und Honig würzen.
Bei kleiner Hitze köcheln lassen, bis alle Flüssigkeit eingekocht ist.
Mit frisch geschnittenem Basilikum garnieren.*

Es fällt auf beiden Seiten nicht immer leicht, sich mit den neuen Nachbarn anzufreunden und vielen Zugezogenen weht eine steife Brise ins Gesicht, wenn es darum geht, die Sprache ihrer Wahlheimat zu erlernen. Während man in Spanien schon dafür gelobt wird, wenn man nur ein *hola-que-tal* einigermaßen dahinstümpert, braucht es in Frankreich ein jahrelanges zähes Training, bis man vom Kellner verstanden wird, wenn man auch nur einen einfachen *Café au lait* trinken will.

Anfänger verzweifeln daran, ihre Zunge in die entsprechenden Richtungen zu drehen und Akzente und Nasale einigermaßen korrekt durch die Lippen zu pressen. Auf der anderen Seite mühen sich viele Einheimische redlich, möglichst nicht zu verstehen, was der andere will. Mit abwesender Miene knallt mancher Kellner dem verunsicherten Frankophilen das vermeintlich Gewünschte so kühl vor die Nase, dass auch dem Hartnäckigsten die Lust vergeht auszurechnen, wie viel Trinkgeld er korrekterweise auf dem Tisch hinterlässt.

Dennoch: in Frankreich begegnet dem, der sich nicht abschrecken lässt, viel Freundlichkeit. Wenn man einmal begriffen hat, dass sich hinter mancher Kühle Unsicherheit verbirgt und dass ein *Nein* nicht unbedingt *Nein* bedeutet, sondern *peut-être*, vielleicht, dann kann man anfangen, sich einzuleben.
Ich habe mir dafür den Hérault ausgesucht. Seit ein paar Jahren gehört er nicht mehr zum Languedoc, sondern zur Occitanie. Anstatt ehemals fünf sind nun dreizehn Départements unter einem Verwaltungsdach vereint. Die ursprüngliche Idee war, dass die Dinge dadurch einfacher und günstiger werden. Das Resultat ist das Gegenteil. Die meisten Abgeordneten müssen nun von weit her zu den Versammlungen in die Landeshauptstadt Montpellier reisen. Hier war man jedoch auf die erhöhte Anzahl nicht vorbereitet: das brandneue Rathaus, eine von weitem an einen Bunker erinnernde, zeitgenössische Konstruktion aus Beton, Stahl und Glas, bietet für die Menge an Abgeordneten nicht genügend Platz. So muss jedes Mal ein Saal im *Palais des Sports* angemietet, hergerichtet – und vor allem finanziert werden.

Ob Languedoc oder Occitanie – von allen anderen Regionen Frankreichs ist hier die Arbeitslosenquote am höchsten. Sie ist dennoch heiß begehrt. *La misère est moins pénible au soleil* – in der Sonne ist das Armsein weniger beschwerlich, sang Charles Aznavour.
Das Leben hier ist günstiger als in der Provence und an der Côte d'Azur, und man hat dieselbe Sonne, dieselben Zikaden und dasselbe Meer. Man steht nicht stundenlang im Stau, um

an den Strand zu kommen, bekommt noch kostenlose Park- und Liegeplätze und abgesehen von einem Sonntagnachmittag in Palavas-les-Flots findet man immer ein Eckchen Sand, das man sich nicht mit anderen teilen muss.

Tomatentarte

Aus 200 g Mehl, ½ Glas Olivenöl, Wasser und Salz einen formbaren Teig zubereiten.
Ausrollen und auf einem geölten Backblech ausbreiten.
Mit Senf bestreichen und geriebenen Käse darüber geben.
In möglichst dünne Scheiben geschnittene Tomaten darauf anordnen.
Mit Oregano, Salz und Pfeffer würzen.
Im vorgeheizten Ofen bei etwa 180° backen.

Obwohl die meisten Urlauber alle auf einmal im Juli und August den Hérault besuchen, ist die Gegend das ganze Jahr über eine Reise wert. Besucher, die außerhalb der Sommermonate zwischen Oktober und April kommen, sollten jedoch bedenken, dass der Äquator nicht an der französisch-spanischen Grenze beginnt. Es kann hier empfindlich kühl werden! Wer im März in kurzen Hosen, flatternden Sommerkleidchen und Zehensandalen kommt, der riskiert, sich sein Leben lang daran zu erinnern.
Ja: Man kann hier potentiell das ganze Jahr über draußen zu Mittag essen, ohne sich in Decken und Daunenjacken zu hüllen. Doch wenn *Mistral*, *Tramontane* oder der *Grec*, die aus dem Norden kommenden Winde, einen durchpusten, dann träumt mancher von der Zentralheizung, die viele Häuser und erst recht die Cafés und Bars hier nicht haben. Da helfen nur ein kräftiger Fußmarsch oder ein kräftiger Rotwein.

Bis in den März hinein kann es schneien. So geschah es im letzten Frühjahr kurz nach der Mandelblüte. Während zwanzig Zentimeter Neuschnee sich innerhalb weniger Stunden sanft über unseren Garten legten, fielen Mimose und Pampelmusenbaum vor Schreck alle Blätter ab. Meinen Friseurtermin im zwei Kilometer entfernten Nachbarort musste ich absagen, da der Verkehr vollkommen zusammengebrochen war. Viele Autos blieben auf der Straße stecken und wurden von ihren Besitzern am Straßenrand zurückgelassen, um am nächsten Tag, als alles weggeschmolzen war, wieder eingesammelt zu werden.

Aber jetzt, in diesem Augenblick, ist Sommer. Ich sitze in dem Garten, in dem Mimose und Pampelmuse sich wieder erholt haben und die Palme über mir rauscht:
- *Souviens-toi.* Erinnere dich.

Ja, ich erinnere mich. Ich bin wieder in Aniane. Allein mit meinen Kisten. Olivia, eine Freundin der ersten Stunde, hatte mir das Haus warmgehalten, das sie damals gemietet hatte, während ich in Hamburg mit meiner Vernunft rang. Sie war gerade dabei, mit einem ebenso begabten wie mittellosen Künstler in ein eigenes Haus umzuziehen. Den Mietvertrag konnte ich nur unterschreiben, weil die Agentur nicht genug Deutsch konnte um zu verstehen, dass mein Arbeitsvertrag von der Hamburger Schulbehörde bereits abgelaufen war. Es war das erste Mal, dass ich allein ein Haus bezog. Ich machte es mir gemütlich, hängte überall Lichterketten auf, und wartete, dass Michel, ein scheuer Bergsteiger und Höhlenforscher, der unten im Dorf wohnte, sich in mich verliebte.

Ich strich durch die Weinberge und die *Garrigue*, die trockene, steinige Landschaft aus Olivenbäumen, Wacholder, Steineichen, Ginster, Zedern und Buchsbäumen, und versuchte, über die Runden zu kommen. Irgendwie fand ich genug Arbeit. Ich war nicht wählerisch: ich übersetzte und unterrichtete Deutsch, Spanisch und Französisch für alle.

Französische Verwaltungsbeamte bereitete ich darauf vor, auf ihrer Karriereleiter eine höhere Stufe zu erklimmen und ihre Kenntnisse in ihrer Muttersprache zu vertiefen. Dabei kam mir zugute, worüber sich meine Freundin Odile seit unserer Studienzeit lustig macht: Gewissenhaft hatte ich für unser Examen die französische Grammatik von A bis Z durchgearbeitet und auswendig gelernt. Doch ganz wohl war mir bei der Sache mit den Beamten nicht. Auf die Frage, woher denn *mon petit accent* käme, antwortete ich wahrheitsgetreu, meine Mutter sei Deutsche.

Cathys Weißkohlsalat

*Weißkohl in feine Streifen schneiden und mit gebratenen Schinkenwürfeln, Gambas, Surimi, Apfelspalten, Pampelmusenstücken, Walnüssen und Reis vermischen.
Mit Olivenöl und Zitronensaft beträufeln, mit Pfeffer, Gomasio und frischem Koriander würzen.*

Um unter die Leute zu kommen, ging ich auf den Markt. Hier findet man alles: Seifen, Tischdecken, Oliven, Öle, eingelegten Knoblauch, Honig, Kräuter, Berge von frischem Obst und Gemüse und Spezialitäten wie die *Fougasses* - ein ebenso kalorienreicher wie köstlicher Teig mit Oliven, Anchovis, Speck oder Zwiebeln – kleine, runde und mit Kräutern bestäubte Ziegenkäse, am Morgen geangelten Fisch und Fleisch in Stücken, an denen man das Tier, von dem es kommt, noch erkennt.

Sehr geschätzt werden die *Abats*, die Innereien, von denen ich nicht einmal wusste, dass man sie essen kann. Eine der ersten Spezialitäten, die ich auf einem burgundischen Markt probierte, war Kuheuter. Delikatessen wie Ochsenmäulchen,

Hirnpaté und *Andouillettes* - aufgerollte Schweinedärme - sind im Land der Gastronomie äußerst beliebt. Wenn in Aniane Markttag ist, werden diese Spezialitäten, die dem einen das Wasser im Munde zusammenlaufen lassen und dem anderen den Magen umdrehen, über die Lautsprecher verkündet, die im ganzen Dorf installiert sind. Dann wissen Interessierte, was zum Mittagessen auf den Tisch kommt.

Wann immer es etwas Wichtiges mitzuteilen gibt – eine entlaufene Katze, ein Todesfall oder die Ankunft der Marktfrau mit den Ochsenmäulchen – erklingt nach einem vielversprechenden Knistern immer die gleiche Pasodoblemelodie und dann:
- *Attention, attention: la mairie communique !* Das Rathaus teilt mit!

Niemandem, der auch nur in der Nähe des Dorfzentrums wohnt, können diese Informationen entgehen, und auch niemandem, der zu diesem Zeitpunkt zufällig mit einem Bewohner Anianes telefoniert.

Wer es irgend einrichten kann, begibt sich auf den donnerstäglichen Markt. Er ist nicht sehr groß, doch es gibt alles, was man braucht. Hier will man genau sehen, hören, riechen und betasten, was auf den Teller kommt. Denn in Frankreich wird noch richtig gekocht, nicht nur warmgemacht. Ein „Abendbrot" nur mit Baguette und Käse gibt es nicht. Und nach der Zubereitung kommt der Genuss. Man verbringt freilich viel Zeit in der Küche – doch noch viel mehr am Esstisch.

Auberginencrumble

Auberginen waschen, in Scheiben schneiden und mit ein paar feingeschnittenen Schalotten in reichlich Olivenöl anbraten. Frische reife Tomaten in Stücke schneiden und so lange anbraten, bis sie einen Großteil ihrer Flüssigkeit verloren haben. Mit etwas Bikarbonat entsäuern. Alles miteinander vermischen und mit Salz, Cayennepfeffer, frischem Basilikum würzen. Aus Mehl, Olivenöl, geriebenem Parmesan, Salz, Pfeffer und Kräutern der Provence einen krümeligen Teig zubereiten und auf der Masse verteilen. Für etwa 30 Minuten bei 180° in den Ofen.

Das gemeinsame Essen ist das Mark der französischen Gesellschaft. In den Wohnzimmern mögen die Polstergarnituren fehlen – ein Esstisch für mindestens sechs Personen findet sich immer.

Eine abendliche Verabredung sieht meistens so aus, dass man sich gegenseitig zu sich nach Hause einlädt. Nicht auf ein Glas Wein und ein paar Erdnussflips, sondern für eine komplette Mahlzeit, die immer mehrere Gänge umfasst. Besonders beliebt sind, ganz aktuell, die etwas weniger aufwändigen *apéritifs dinatoires* – verlängerte Aperitifs mit Oliven, Tapenaden, Kräckern, Quiches und salzigen Tartes und Cakes.

Wenn man nach dem Aperitif vom Tisch aufsteht, ist man satt. Man muss nicht unendlich lange an einem Platz kleben bleiben, im schlimmsten Fall auf einem der unbequemen provenzalischen Holzstühle, und um ein Uhr nachts darauf warten, dass das Dessert endlich serviert wird, damit man nach Hause gehen kann, ohne unhöflich zu wirken.

Ein ausgiebiges französisches Mahl kann zur Qual werden. Es geht mit einem *amuse-gueule* los: kleinen Appetithäppchen, die so lecker sind, dass ich meistens schon satt bin, bevor es überhaupt losgeht. Danach kommt die Vorspeise. Im Winter werden gerne Leckereien wie *Foie gras* serviert, gestopfte Enten- oder Gänseleber, die man wie die Froschschenkel nur genießen kann, wenn man nicht darüber nachdenkt, wie sie gemacht werden. Gerne werden auch Schnecken mit Petersilien-Aioli oder Trüffelbutter angeboten. Jemand sagte einmal, die Franzosen müssten ein besonders mutiges Volk sein: Sie haben herausgefunden, dass man Schnecken essen kann.

Danach kommt die Hauptspeise. Dann der Salat. Dann eine Auswahl von Käsesorten und zu allem gibt es Brot. Dann kommt das Dessert. Und dann wird meistens gefragt
- *Café ou tisane?* Kaffee oder Kräutertee?

Das bedeutet, dass der Abend, auch wenn es schon weit nach Mitternacht sein kann, noch nicht zu Ende ist. Und so kommt es vor, dass ich von Zeiten träume, in denen ein Topf in die Mitte des Tisches gestellt wurde und jeder sich selbst bediente. Hier wird alles hintereinander serviert und getrennt voneinander gegessen. Auch zu einem *petit dîner entre amis* unter der Woche.

Zu Anlässen wie Weihnachten, Silvester, Geburtstagen oder Hochzeiten gibt es natürlich noch mehr und es dauert entsprechend länger. Meine größte Herausforderung war eine französisch-russische Hochzeit im Burgund. Ich habe irgendwann aufgehört, die Gänge zu zählen. Endlich wurde ein Sorbet serviert, mit etwas Hochprozentigem übergossen. Es handelte sich jedoch nicht um das Dessert, sondern um das *trou normand*: eine Art Magenfeger, der Platz für die nächsten Gänge schaffen soll.

Boeuf Bourguignon à la Claude

Rindfleisch (wenn möglich die Wange)
in mundgerechte Stücke schneiden,
klein gehackte Knoblauchzehen, frischen Ingwer,
Schalotten, geriebene Orangenschale, Muskatnuss,
Kräuter der Provence, ein paar Lorbeerblätter,
Salz, Pfeffer und etwas Paprikapulver hinzugeben,
mit Rotwein bedecken und das Ganze
über Nacht marinieren lassen.
Am nächsten Tag das Fleisch abtropfen lassen,
die Marinade dabei auffangen.
Anbraten und mit etwas Mehl bestäuben.
Die Marinade hinzugeben und so lange köcheln lassen,
bis sie dickflüssig ist.
Etwas schwarze Schokolade darin schmelzen.

Während des Essens wird die Welt durchdiskutiert. Mit Vorliebe jedoch geht es um das, was man gerade tut: Essen. Darauf hat mich meine protestantische Erziehung nicht vorbereitet. Als ich meinen Schülern einmal erzählte, dass man in Deutschland mit einem Weihnachtsessen in weniger als zwei Stunden durch sein kann, hielt man mich für eine Außerirdische. Ebenso befremdet reagiert man, wenn ich sage, in Deutschland würde man durchaus sehr gut essen können. Die meisten Franzosen kennen nur *Choucroute*: Sauerkraut. Sie wissen nicht, was ihnen mit Labskaus, Pinkel mit Grünkohl, Matjes mit Speckstippe, Sauerbraten und Maultaschen entgeht.

Sie wissen allgemein sehr wenig über ihre Nachbarn jenseits des Rheins, trotz der vielen *Jumelages*, der Partnerschaften, die nach dem letzten Krieg begründet worden sind. Man schätzt deutsche Präzision und Wirtschaftlichkeit und will irgendwann unbedingt mal nach Berlin oder in die Elbphilharmonie. Wenn ich aber zum Beispiel erzähle, dass man in der Ostsee baden kann, werde ich angesehen wie

Münchhausen, der behauptet, auf einer Kanonenkugel geritten zu sein.
Als Reiseland kommt Deutschland für Franzosen nur marginal in Frage. Das mag am Wetter liegen, aber nicht nur. Denn Franzosen bereisen gerne ihr eigenes Land und ihre ehemaligen Kolonien. Das ist abwechslungsreich genug und vor allem: da muss man keine Fremdsprache sprechen.

Obwohl viele Franzosen Deutsch genauso lange an der Schule gelernt haben wie Deutsche Französisch, wird die *langue de Goethe* nur rudimentär gesprochen. Und auch die *langue de Shakespeare* bleibt vielen ein Buch mit sieben Siegeln. Das, so höre ich regelmäßig, möge wohl daran liegen, dass das französische Ohr nicht so viele verschiedene Tonhöhen aufnehmen kann wie etwa das nordeuropäische oder slawische. Es sei also gewissermaßen genetisch angelegt, dass fremde Sprachen so wenig über französische Lippen kommen. Seitdem ich jedoch im Burgund vier Jahre an staatlichen Schulen unterrichtet hatte, kommen mir Zweifel an dieser Theorie.

Unterricht in Frankreich bedeutet, dass über dreißig Schüler hintereinander sitzen, dem zuhören, was der Lehrer vorne sagt und versuchen, mitzuschreiben. Auch im Fremdsprachenunterricht der *langues vivantes* – der lebendigen Sprachen – wird meistens überwiegend Französisch gesprochen. In den Lehrbüchern gibt es vom ersten Lernjahr an authentische Texte, die keiner versteht, und Grammatikübungen, aus denen viele auch nach sieben Lernjahren nicht erschließen, wozu zum Teufel man die Deklination braucht.
Miteinander kommuniziert wird so gut wie nicht. Vokabeln und Grammatik werden bis zur nächsten Arbeit auswendig gelernt und dann wieder vergessen. Und so kann es passieren,

dass man auf dem internationalen Flughafen in Marseille ankommt und niemanden im Service findet, der eine Fremdsprache spricht.

Auch aus diesem Grunde verbringen viele Franzosen ihre Ferien gern auf dem *terrain conquis* der DOM und der TOM, den französischen Überseegebieten. Denn hier bewegt man sich auf sicherem Boden. Hier muss man nicht in einer fremden Sprache radebrechen. Denn das Schlimmste, was einem Franzosen passieren kann ist, sich lächerlich zu machen. *Le ridicule tue* – so hielt man es in vorrevolutionärer Zeit am Versailler Hof. Das Lächerliche tötet jenen, dem es nicht gelingt, seinem Gegenüber verbal seine Überlegenheit zu demonstrieren.

Baisers mit Pinienkernen

*4 raumwarme Eiweiß mit einer Prise Salz
im Küchenmixer zu einer festen Masse aufschlagen.
Nach und nach etwa 200 g Zucker und eine gute Handvoll
Pinienkerne hinzugeben.
Mit einem Teelöffel kleine Häubchen auf ein mit Backpapier
ausgelegtes Blech legen.
Im vorgeheizten Backofen bei 120°
mindestens 30 Minuten fest werden lassen.*

Mich hat das Lächerliche nicht umgebracht, obwohl ich im Laufe der Zeit durch zahllose Fettnäpfe marschiert bin. Die Gefahr beginnt schon mit der Begrüßung. Man weiß nicht, ob küssen oder nicht, und wenn ja, wie. Von rechts oder von links anfangen? Auf welcher Wangenhöhe küssen? Wie viel Mal? Erschwerend kommt hinzu, dass sich die Gepflogenheiten landstrichweise ändern. Im Süden sind es drei Mal, in Paris und Lyon zwei Mal, im äußersten Zipfel der Bretagne ist es nur ein Mal und in Teilen des Burgunds sind es vier Mal.

Damit es wenigstens die Franzosen wissen, gibt es eine *carte de la bise*: eine Karte, auf der je nach Region die Anzahl der zu gebenden Küsse vermerkt ist. Für alle anderen gibt es peinliche Situationen.

Zögernd steht man sich gegenüber und riskiert, als kühl und unkultiviert eingestuft zu werden, wenn man nicht küsst und nur die Hand hinreicht. Wenn man es wagt und sich auf das Geküsse einlässt, besteht die Gefahr, dass man entweder zu nah an Ohr oder Mund seines Gegenübers gerät oder die Nase des anderen streift. Eine weitere Hürde: Die Küsse werden nicht feucht aufgedrückt, sondern sind eigentlich Luftküsse, die mit dem entsprechenden Geräusch auf mittlerer Wangenhöhe, also dort, wo es weich ist, angedeutet werden. Unangenehm ist es, wenn zwei Wangenknochen aneinander knallen, der Luftkuss ins Ohr geht oder in dem Mundwinkel von jemandem landet, der daraus falsche Schlüsse ziehen könnte.

Ist die erste große Hürde genommen, kommt die zweite:
- *ça va?*

Was soll man darauf entgegnen? Ursprünglich bezog sich diese Frage darauf, wie es auf einem bestimmten Örtchen läuft. So ist es heute nicht gedacht. Ob „es geht" bezieht sich darauf, wie es so geht im Leben. Der Haken ist, dass keiner darauf eine Antwort haben will. Man fängt also nicht an zu erklären, dass man heute nicht so gut drauf ist, weil man gerade Probleme mit der Steuer hat, sondern antwortet lediglich
- *ça va*, oder *oui, ça va, et toi ?*

Meistens bin ich dafür nicht schnell genug. Auch nach zwanzig Jahren in Frankreich habe ich immer noch den Reflex zu antworten:
- *Oui, ça va bien. Merci,*

und denke dann erst weiter:
- *Äh, oui, et toi*

Salatdressing

*In einem leeren Marmeladenglas
scharfen Senf, Sojasauce und Pfeffer verrühren.
Nach und nach Oliven- oder anderes Öl hinzugeben
und mit geschlossenem Deckel kräftig durchschütteln.
damit eine dickflüssige Konsistenz entsteht.
Kurz vor dem Servieren über den Salat träufeln,
ohne ihn zu „ertränken".*

Dann steht dem Ins-Gespräch-Kommen nichts mehr im Wege. Auf vielen *Soirées* geht es um alle möglichen Themen – Politik, Kultur, das Wetter, die Nachbarn, das Essen – aber meistens nicht um die Leute selbst. Ich habe viele Stunden an Tischen verbracht, an denen niemand sich dafür interessierte, was der andere so macht, was er mag und was ihn umtreibt. Im Land von René Descartes geht es in erster Linie nicht darum, wer man ist, sondern darum, was man zu einem bestimmten Thema denkt: *Je pense donc je suis.* Ich denke also bin ich.

Frankreich ist das Land der Etikette und des *Savoir-vivre*: der goldenen Regeln des guten Benehmens. Finanzielles ist davon ausgenommen. Man hat keine Probleme damit, bestimmte Gelder nicht zu begleichen, da die Gesetze ja geradezu so ausgerichtet sind, dass man sie hintergeht. Wenn ich davon erzähle, dass man in Deutschland Zeitungen oder Kartoffeln kaufen kann, indem man die entsprechende Summe in die dafür vorgesehene Kasse legt, ohne dass ein Verkäufer anwesend ist, wird ungläubig gestaunt. Hier würden derartige Vorrichtungen sofort ausgeräumt werden und die Kasse gleich mit.
Die Gepflogenheiten sind anders. Es gibt Dinge, die man einfach nicht macht. Vorm Dessert nach Hause gehen zum Beispiel, mit leeren Händen zu einer Einladung kommen, eine Boutique ohne ein *Bonjour* betreten oder in einem Restaurant

schnurstracks auf einen leeren Tisch zusteuern und sich einfach setzen, ohne auf die Anweisungen des Kellners zu warten. Immer wieder verkümmern die zarten Blättchen aufkeimender Sympathien dadurch, dass auf der einen wie der anderen Seite geglaubt wird, so wie man es selbst macht, so ist es richtig.

Eines steht jedoch fest: Gott lebt nicht in Frankreich und Paris ist nicht die Stadt der Liebe. Es wird viel gemeckert und gestreikt und meine Wahlheimat steht auf der Liste des weltweiten Verzehrs von Psychopharmaka ganz oben. Doch in diesem Land, von dem Charles de Gaulle sagte, es sei praktisch unregierbar, weil es über dreihundertfünfzig verschiedene Käsesorten produziere, ist alles möglich. Keine Ecke des Hexagons gleicht der anderen, jeder Flecken hat seine Besonderheit. Hier in seinem südlichen Zipfel, wo der Akzang gepflegt wird, wo man sich von Väng und von Päng ernährt, von Brot und von Wein, und wo man das, was man heute nicht erledigt, gerne auf demäng verschiebt, bin ich zu Hause.

In einem kleinen Winzerdorf

Grüner Spargel mit Safran

*Frische grüne Spargelstangen in Stücke schneiden,
in der Pfanne in Olivenöl bissfest anbraten.
Mit Salz, Pfeffer und Safranfäden würzen.*

Das Rascheln im Blattwerk der Palme hat sich beruhigt und der Mistral ist abgeflaut. Ganz gerade steht sie da, von weither sichtbar. Was mag sie im Laufe der Zeit gesehen haben?

Mein Lichterhäuschen, wie Constanze, eine Freundin aus dem Burgund, es nannte, habe ich vor zehn Jahren verlassen. Meine Marktbesuche hatten mich an einem Samstag kurz vor Ostern an den Tisch eines Goldschmiedes geführt, der auf einer der Terrassen Platz genommen hatte, auf der man sich mit vollen Körben traf, um einen Kaffee oder ein Bier oder beides zu trinken. Olivia legte ihn mir warm ans Herz: Er verkaufe seinen Schmuck sogar in A-me-ri-ka! Er findet meinen Vornamen im Telefonbuch von Aniane. An einem Sonntag ruft er an.

Mein erster Ring ist ein Eisendraht mit goldenen Tupfen, offen wie unsere Beziehung. Mein zweiter Ring ist geschlossen. Um einen breiten silbernen Reif windet sich ein goldener Zweig, in dessen Mitte ein Diamant blüht. Noch nie habe ich etwas so Schönes besessen!
Langsam beginnen wir, uns zusammen einzurichten. Als mein Schmucksortiment so gewachsen ist, dass ich kaum noch einen Finger übrig habe, bekommen wir Familienzuwachs. Während wir in Deutschland Weihnachten feiern, arrangiert die Nachbarin von gegenüber ein heimliches *rendez-vous amoureux* zwischen unserer Katze und ihrem Kater. Ein paar

Monate später erkunden vier junge Kätzchen das Haus und wir stellen fest: Es ist an der Zeit umzuziehen.
Wir begeben uns auf die Suche nach einem gemeinsamen Heim und fangen in Puéchabon an. Helga und Peter sind gerade dabei, das Haus neben ihrem zu renovieren. *Chez Georgette* - benannt nach seiner vorherigen Eigentümerin - hat wunderschöne Volumen und ein schier unerschöpfliches Potential. Perfekt sind die Formen, exquisit ist der Geschmack der Bauherren. Mit größter Sorgfalt wird die Renovierung vorangetrieben. Jede Türklinke, jeder Lichtschalter ist etwas Besonderes – und Georgette bleibt bis zum heutigen Tag eine besondere Baustelle. Wir beschließen, und nach etwas Eigenem umzusehen.

Mangold-Tourte à la Jo

Für den Teig 200 g Mehl in eine Schüssel geben.
In eine Mulde ½ Glas Olivenöl, Salz und Wasser geben und schnell zu einem formbaren Teig verarbeiten.
Den Ofen auf 180° vorheizen.
Für die Füllung wird nur der grüne Teil der Mangoldblätter benutzt.
Über Dampf oder in Wasser garen.
Abtropfen lassen und klein schneiden.
Etwas Reis (kein Basmati!) al dente kochen.
Eine große Zwiebel anbraten.
In einer Schale Mangold, 1 Ei, den Reis, die Zwiebel, Parmesan oder anderen geriebenen Käse mit etwas Schmand vermischen. Salzen und pfeffern.
Teig ausrollen und so in eine Kuchenform legen, dass mit den überstehenden Enden die ganze Tarte bedeckt werden kann.
Die Mischung auf dem Teigboden verteilen und mit dem überstehenden Teig vollständig bedecken.
In den vorgeheizten Ofen, bis sie goldbraun ist.
Ist besonders gut am nächsten Tag, schmeckt auch gut mit Zucchini.

Montpeyroux schwebt uns vor: ein hübscher Ort in einer weichen Hügellandschaft, in der gleich mehrere renommierte Weine angebaut werden. Das Dorf ist auf natürliche Weise mit der Zeit gewachsen und nicht von mehr oder weniger planlos aus dem Boden gestampften Neubausiedlungen umzingelt. Diese *Lotissements* stehen auf möglichst kleinen und möglichst gewinnbringend verkauften Parzellen. Mancher Winzer hat der Versuchung nachgegeben, sich in den Gemeinderat wählen zu lassen, nur um seine dorfnahen Anbaugebiete in Bauland zu verwandeln und manchen Volksvertreter hat dabei nicht interessiert, ob es für die neu entstehenden Viertel überhaupt eine entsprechende Infrastruktur gibt.

Hinter hohen Mauern, die gern nur nach innen hin verputzt werden, verbirgt sich immer derselbe Haustyp: eine *Villa*. Auf keinen Fall zu verwechseln mit dem, was in der deutschen Sprache unter Villa verstanden wird, handelt es sich um zweckmäßige moderne Gebäude für Familien mit Kindern. Viele junge Paare verschulden sich bis ins hohe Rentenalter, um ihren Traum vom Eigenheim mit Pool zu realisieren und nicht wenige zerbrechen schon nach kurzer Zeit daran. Und so bekommt man in den baumlosen Neubaugebieten diese Immobilien oft zu einem relativ günstigen Preis.

Das wollen wir nicht. Wir wollen etwas Altes, Charmantes, Ursprüngliches, Unverbautes. Es sollte schnell beziehbar, also nicht zu baufällig sein, unbedingt einen Garten haben und Platz für ein Atelier, zwei Arbeitsräume und ein Gästezimmer, und möglichst nicht mehr als eine Stunde vom Meer und von der Stadt entfernt sein. Möglichst günstig.
  - Sie müssen Kompromisse machen,
mahnen die Makler und präsentieren uns nichts, was allen unseren Kriterien entspricht. Doch wir halten durch. Ich werde später behaupten, dass wir mindestens fünfzig Häuser

besichtigt haben. Claude wird dagegenhalten, es sei ja wohl für eine Hamburgerin nicht schicklich, derart zu übertreiben.

An einem Dezembertag kurz vor Weihnachten machen wir uns daran, eine weitere Immobilie in Montpeyroux zu besichtigen. Das Haus ist noch bewohnt und der Makler hat keinen Schlüssel dabei. Sein wiederholtes Klingeln, Klopfen und Rufen bleiben unbeantwortet und die Tür zu. Die Lage ist ihm sichtbar peinlich. Wir sehen es in seinen Gehirnwindungen arbeiten. Um uns zu beschwichtigen fällt ihm etwas ein:
- Wir haben da was Neues reinbekommen. Es könnte Sie vielleicht interessieren. Kennen Sie Puilacher?

Kennen wir nicht. Doch eine halbe Stunde später stehen wir in einem winzigen Dorf auf dem Platz vor der Kirche. Das Haus hinter dem Brunnen, dessen Türen für uns geöffnet werden, ist seit einem Jahr unbewohnt und das sieht und riecht man. Es ist sozusagen *dans son jus*. Das heißt, die Vorbesitzer haben die alten Mauern, Fliesen und Türen so gelassen, wie sie seit über hundert Jahren sind. Es hat eine Menge Platz und einen Innenhof, an dessen Ende sich über einem alten Weinkeller ein hohes Scheunendach erhebt. Daneben strebt eine Palme in den Himmel.
In unseren Köpfen spielt sich das Gleiche ab: Das ist es! Ohne uns anzusehen und miteinander abzusprechen verkünden wir dem Makler:
- *D'accord*, das nehmen wir!

Spaghetti mit Dreiecksmuscheln

*500 g Dreiecksmuscheln gut abspülen, in einen Topf geben,
etwa 10 Minuten garen, bis die Muscheln geöffnet sind.
½ Glas von dem entstandenen Sud aufbewahren.
1 Knoblauchzehe, 1 Schalotte und glatte Petersilie klein hacken.
In einem Topf in Olivenöl anbraten,
den Muschelsud und ½ Glas Weißwein,
2 Teelöffel Tomatenmark und 1 Teelöffel Natron hinzugeben.
Mit Rouille (pikante Gewürzmischung aus Paprika,
Cayennepfeffer, Knoblauch, Koriander und Salz),
Fenchelsamen und etwas geriebener Zitronenschale würzen.
Zusammenkochen lassen, bis eine dickflüssige Sauce entsteht.
Gut verrühren, Muscheln zu Sauce geben und warm halten.
Währenddessen die Spaghetti Nr.5 bissfest kochen und
zusammen servieren.*

Einmal mehr erfahre ich das nervenzehrend langsame und komplizierte Mahlen französischer Verwaltungsmühlen. Die altersschwache Besitzerin des Hauses steht *sous tutelle*. Das heißt, sie hat einen Vormund. Die dafür zuständige Behörde scheint mit anderem beschäftigt zu sein, als sich um die baldige Realisierung unseres Traums vom gemeinsamen Heim zu kümmern.

Ein halbes Jahr nach unserem begeisterten *OUI!* stehen wir endlich im Büro eines trotz der Sommerhitze blassen und zugeknöpften Notars, von dessen Geschick unsere Zukunft abhängt. Bis zu diesem Zeitpunkt wissen wir nicht, ob die Transaktion klappen wird oder nicht, da immer noch irgendwelche Papiere nicht eingetroffen sind. Auch aus diesem Grunde haben wir uns um keinen einzigen Handwerker gekümmert, der uns bei der Gestaltung unserer Immobilie zur Hand gehen würde.

Es klappt! An einem heißen Julinachmittag werden wir zu glücklichen Hausbesitzern, Madame zu diesem Anlass in einem besonders hübschen Sommerkleid, Monsieur in Badelatschen. Erleichtert stehen wir in den eigenen vier Wänden, trinken Champagner und beginnen zu begreifen, was wir uns da aufgehalst haben.

Exakt drei Monate haben wir, um das Haus bezugsfertig zu bekommen. Für Anfang Oktober ist mein Lichterhäuschen in Aniane gekündigt. Ich habe keine Ahnung vom Renovieren und Claude hat keine Lust. Also müssen Profis her. Problem: Es ist Mitte Juli und bis Ende August machen die meisten Handwerker und Firmen das, was hier im Sommer alle machen: Urlaub.

Der erste, der kommt, ist Ralf, ein deutscher Dachdecker. Er lässt bei der Aussprache von Puilacher zwar immer das i wegfallen, bestätigt uns aber, dass das Gebälk in Ordnung sei und die Ziegel noch eine Weile halten würden. Als wir ihm von unserer Eile erzählen, zaubert er einen jungen Mann aus dem Hut, der genau derjenige sei, den wir brauchen:

- *Il sait tout faire.* Er kann alles!

Vor allem kann er sofort anfangen. Es gäbe nur ein *petit problème*: Er habe gerade keinen Führerschein und man müsse ihn fahren. Und so beginnen wir, Christophe und das, was wir zum Renovieren brauchen, täglich zwischen Aniane und Puilacher hin und her zu transportieren.

Bevor das Neue rein kann, muss das Alte raus. Hier erweist sich Christophe als ein Segen. Er fasst Dinge an, von denen ich mir wünsche, sie in meinem Leben niemals berühren zu müssen. Ein weiterer Segen ist Rachid. Er ist von der Gemeinde dazu berufen, den Bewohnern Puilachers dabei behilflich zu sein, ihre Häuser und Gärten von Überflüssigem zu befreien. So laden sie ihren Müll nicht irgendwo ab, weil die Deponien nur dann geöffnet sind, wenn normale Leute arbeiten. Auch hier gibt die französische Verwaltung dem gesunden Menschenverstand Rätsel auf. Die arbeitende Bevölkerung staut sich an den Samstagvormittagen vor den Containern der Gemeinde, um Schutt und Sperriges abzuladen. Einmal darin versenkt, hat kein Nachfolgender mehr das Recht, es zum eigenen Gebrauch wieder herauszuholen.

Für uns aber geht es erst einmal nur darum, Leere zu schaffen. Wann immer wir Rachid rufen, fährt er mit seinem kleinen roten Trecker samt Anhänger vor.
Ein guter Start, finden wir, und beginnen, uns umzugucken. Gegenüber von unserem Haus, auf der anderen Seite des Platzes gleich neben der Kirche, liegt ein prächtiger Garten mit einem hohen eisernen Tor davor. Manchmal sehen wir vorbeikommende Wanderer daran rütteln, weil sie glauben, es sei der Kirchgarten. Er gehört jedoch zu einem etwas zurückgelegenen Haus, der ehemaligen Wohnstätte der Mönche des Kirchspiels.
Eines Morgens sehen wir eine kleine zerzauste Frau im Bademantel die Post aus dem Briefkasten fischen, zu dem ihr offensichtlich der Schlüssel abhanden gekommen ist. Wir stellen uns als ihre zukünftigen neuen Nachbarn vor.
- Du liebe Güte, warum haben Sie sich ausgerechnet dieses Haus ausgesucht?

fragt es durch das Gitter hindurch. Da wir darauf nichts zu antworten wissen, fährt sie fort:
- Aber es soll ja Potential haben. Na dann, *bon courage*.

Sardinendip

1 Dose Sardinenfilets und Butter
mit dem Stabmixer zu einer streichbaren Paste verarbeiten.
Mit Salz, Pfeffer und Kräutern der Provence würzen.

Wir machen nebenan weiter. Die Fassade des Hauses ist drei Mal so groß wie unsere und wirkt sehr elegant. Eine kleine

weißhaarige Frau mit freundlichen runden Augen öffnet die Tür.
- *Oh mon Dieu*, ich bin ja so froh, dass Sie da sind! Hier wohnt schon so lange niemand mehr. Wie schön, dass hier endlich wieder Leben reinkommt! Machen Sie ruhig so viel Lärm, wie Sie wollen. Es stört mich gar nicht!

Verunsichert lächeln wir uns an. Mit so viel Freundlichkeit haben wir nicht gerechnet.
- *C'est très suspect*. Wer weiß, was da auf uns zukommt, murmelt Claude auf dem Rückweg.

Doch schon in den nächsten Wochen wird sich herausstellen, dass sie es tatsächlich ernst meint. Yvette wohnt allein in dem riesigen, dreistöckigen Gebäude und mahnt uns jedes Mal, wenn sie uns sieht:
- Macht bloß Krach, so viel ihr wollt! *C'est la vie.* Ich freue mich, wenn ich höre, dass jemand da ist.

Vom ersten Augenblick an wird sie wie ein guter Geist über uns wachen – und wir über sie.

Rachid wacht nicht nur über uns. Er packt auch tatkräftig mit an. Ohne ihn hätten wir die Renovierung schlichtweg nicht geschafft. Unzählige Male fährt er mit seinem roten Trecker vor, hilft beim Aufladen und bringt weg.
- *Pas de problème.* Sagt nur Bescheid, wenn ihr mich braucht.

Besonders viel aufzuladen gibt es mit der Ankunft von Fred. Wie durch ein Wunder haben wir es tatsächlich geschafft, mitten im Sommer einen Elektriker aufzutreiben, der sofort zur Verfügung steht. Erst später werden wir erfahren, warum: Fred widmet sich erst seit Kurzem diesem Beruf. Jetzt leuchtet mir ein, warum er ständig mit einem Buch unter dem Arm unterwegs ist.

Was ich ebenfalls nicht weiß: Um elektrische Leitungen neu zu verlegen, müssen die Wände aufgestemmt werden. Ich hatte mir bis dahin eingebildet, man würde nur ein paar Kabel diskret um die Türrahmen herumlegen müssen und ein paar Löcher bohren und die Sache wäre geregelt.
Die Wirklichkeit sieht dramatisch anders aus: Über viele Wochen rückt Fred morgens mit seinen Hämmern und Bohrern an, flucht über die alten Wände *de bordel de merde*, und wird erst gegen Mittag zugänglich. Während wir gemeinsam im Staub sitzen und er das erste Bier trinkt, erzählt er von den Mädchen, mit denen es einfach nicht klappen will:
- Ich hab den ganzen Abend geredet und dann: *rien* - nichts!
- Vielleicht solltest du es mit Zuhören probieren?

Das Schlimmste an Fred ist jedoch sein Job: Er verwandelt unser neues Heim in einen Schutthaufen. Keine Wand ist vor seinen Schlägen sicher. Unser halbes Haus, so scheint mir, wird nach und nach von Rachid wegtransportiert.
In dem Chaos, das Fred veranstaltet, wird die Eingangswand rausgehauen, damit man besser ins Haus reinkommt, und das Badezimmer auch, damit das Wohnzimmer grösser wird. Für diese Arbeiten haben wir Ben, ein Koloss von jungem Mann, der ungeduldig auf unsere Aufträge wartet, damit er wieder etwas zum Einstürzen bringen kann.
Währenddessen stehe ich mit meinen Pinseln bereit, begierig, mich nützlich zu machen. Da es jedoch im ganzen Haus kaum einen staubfreien Ort gibt, muss ich mich in dem üben, was ich am Wenigsten kann: geduldig sein.

Tarte aus Käseresten

Aus 200 g Mehl, ½ Glas Olivenöl, Wasser und Salz einen Teig zubereiten.
Kleine Stückchen von allen möglichen Käsesorten darauf verteilen. Je verschiedener desto besser!
Pfeffern (nicht salzen).
Im vorgeheizten Ofen etwa 30 Minuten bei 180° backen.

Ende September ist es so weit: unser Haus ist bezugsfertig! Das heißt: Es gibt einigermaßen staubfreien Platz zum Kochen, Essen, Duschen und Schlafen. Zu diesem Anlass reisen meine Eltern aus Deutschland an.
Mein Vater zeigt den Franzosen, wozu ein rüstiger deutscher Rentner in der Lage ist. Meine Mutter bekocht die hungrigen Zupacker und schafft es, Ess- und Wohnräume einigermaßen staubfrei zu halten. Erschöpft und glücklich sinken wir in der ersten Nacht im neuen Heim ins Bett. Fenster und Türen sind wegen der Wärme und der frischen Farben sperrangelweit geöffnet. Die Hinterseite des Hauses führt auf einen auf allen Seiten umschlossenen Innenhof und die Vorderseite auf den Dorfplatz. Was soll hier schon passieren?

Doch es passiert in der zweiten Nacht. Wie Sherlock Rachid hinterher rekonstruieren wird, ist jemand an der Dachrinne bis zum Küchenbalkon im ersten Stock hochgeklettert, vorbei am geöffneten Schlafzimmerfenster meiner Eltern, die bei Yvette untergebracht sind, ist bequem eingestiegen und hat sich genommen, was er fand: unsere beiden Taschen mit allem drin. Schlüssel, Geld, Kreditkarten, Scheckhefte, Ausweise, Führerscheine.
Als ich am nächsten Morgen ahnungslos in die Küche komme, frage ich Claude, wo er bitteschön meine Tasche hingeräumt hat. Da seine auch nicht da ist, wird schnell klar, dass wir ein Problem haben.

Während ich im Morgengrauen auf dem Platz stehe und mit meiner Bank telefoniere, bekommt Claude einen Anruf von einer Frau aus dem Nachbardorf. Ihr Mann habe auf dem Weg zur Arbeit eine Tasche am Straßenrand gefunden. Wir machen uns auf den Weg zum Fundort. Währenddessen kommt der zweite Anruf: meine offensichtlich auch. Und so gehen wir die schmale Landstraße ab und waten durch die klumpige, feuchte Erde, um wieder aufzusammeln, was offensichtlich nach und nach aus dem Fenster eines fahrenden Autos geworfen worden war. Erleichtert schüttele ich ein paar Erdbröckchen von meinem deutschen Führerschein, dem alten grauen Lappen, den ich für immer verloren glaubte und von dem ich mir nicht vorzustellen wage, was für Komplikationen es verursacht hätte, wenn ich ihn neu hätte beantragen müssen.

Ich taste mich etwas weniger gutgläubig an meine neue Umgebung heran. Nicht ganz einfach in einem Dorf, in dem es keinen Bäcker gibt, kein Café, keinen Ort, an dem man sich treffen und vorstellen könnte:
- *Bonjour*, ich bin die Neue.
Eines Tages, ich fege gerade in der Garage aus, steht ein Mann mit Baskenmütze in der offenen Tür.
- *Vous êtes la propriétaire?* Sind Sie die Besitzerin?
Da ich vorher noch nie Hausbesitzerin war, fühle ich mich geschmeichelt. Schnell kommen wir ins Gespräch. Henri kennt unser Haus und übrigens das ganze Dorf wie seine Westentasche. Er habe sogar ein Buch darüber geschrieben, das man in der *Mairie* erstehen könne. Er wurde hier geboren, als Sohn spanischer Einwanderer. Als junger Mann habe er sich in eine Schwedin verliebt, die in Montpellier studierte. Kaum war sie zurück in ihrem Land, teilte sie ihm mit, dass sie schwanger war, das Kind zu behalten gedenke und es zwischen ihnen aus wäre, wenn er nicht kommen würde.

So war der Mann des tiefen Südens nach Stockholm gezogen und bekam noch drei weitere schwedisch-französische Kinder. Heute, so erzählt er, sei er in Rente und komme in seine alte Heimat, so oft er kann, um nach dem Rechten zu sehen. Er wisse alles über Puilacher. Hier zum Beispiel, in unserer Garage, sei früher zwei Mal pro Woche ein ambulanter Metzger vorbei gekommen. Wir hatten uns tatsächlich gefragt, was es mit den braunen Fliesen und den Haken im Eingangsbereich auf sich hatte.
- Und nicht nur das,
erklärt Henri. Ein Mal pro Woche habe es hier Kinoaufführungen gegeben! Kino sei vielleicht etwas zu weit gegriffen. Es kam jemand mit seiner *Mobilette* aus Plaissan, einem Moped mit Anhänger, auf dem er ein Vorführgerät und die Spulen transportierte. Ein großes weißes Betttuch wurde als Leinwand gespannt. Die Erwachsenen brachten Stühle mit und die Kinder machten es sich auf den Schwefelsäcken bequem. Alle Klassiker der 50er Jahre habe er hier gesehen. Die *Violettes Impériales* offensichtlich mehrmals, da er sie jedes Mal erwähnt, wenn er von unserem Garagenkino spricht. Doch manchmal passierte es auch, dass ein Film sein Publikum nicht fand. In diesem Falle wurden nur die erste und die letzte Spule eingelegt und man musste sich den Rest denken.

Auberginengratin

Auberginen in etwa 1 cm dicke Scheiben schneiden, mit Salz bestreuen und mindestens 1 Stunde lang durchziehen lassen. Abspülen und abtropfen lassen.
Mit Öl in einer Pfanne anbraten.
Aus reifen Tomaten eine dickflüssige Tomatensauce zubereiten.
In einer Auflaufform Auberginenscheiben, dicke Tomatensauce, Mozarellascheiben, Parmesan und etwas Crème fraîche schichten und pfeffern.
So lange wiederholen, bis alle Zutaten aufgebraucht sind.
Mit Käseschicht enden und im Ofen gratinieren.

Kurze Zeit später lernen wir Christiane kennen. Eines Morgens sehen wir eine Frau mit orangenen und weißen Haaren auf dem Platz links von unserem Haus sitzen, an dem Tisch, von dem jeder denkt, er gehöre zu einem Café. Da sie gerade frühstückt, lädt sie uns zum Tee ein und kommt dann direkt zur Sache: Sie sei Ärztin, bereite gerade eine Reise nach Indien vor und wenn wir wollen, können wir in der Zeit bei ihr einquartieren, wen wir wollen. Hier sind die Schlüssel.
Seitdem sehen wir Christiane in unregelmäßigen Abständen wie der Wind vorbeifegen. Seit wir sie kennen, hat sie mehrmals ihre Stelle gewechselt, ist diverse Male umgezogen und hat mehrmals ihr Haus in Puilacher zum Verkauf angeboten. Ein echtes Liebhaberstück mit schwer zu zählenden, ineinander verschachtelten Räumen, mehr oder weniger halsbrecherischen Treppen, einem teilweise maroden Dachgeschoss und einer Menge Charme für den, der dafür empfänglich ist. Doch irgendwie scheut sie jedes Mal davor zurück, dieses Dorf endgültig zu verlassen, obwohl die Leute um Montpellier herum viel weniger sympathisch sind, als die in Toulouse, *mais vraiment*.

Als sie wieder einmal in wallenden Kleidern auf Stippvisite ist und mit Namen und Ereignissen jongliert, von denen wir keine Ahnung haben, sagen wir ihr, dass uns Henri zum Essen eingeladen hat.
  - Und warum bin ich nicht eingeladen?
  - Vielleicht wusste er nicht, dass du da bist?
Es folgen Darstellungen darüber, wie oft Henri uneingeladen an ihrem Tisch mitgegessen hat und am Abend sitzen wir zusammen in einem riesigen Ecksofa bei Henri und Aniella unterm Dach. Mit uns sitzen da eine Menge anderer Leute, von denen wir die meisten noch nie gesehen haben. Doch wir erkennen die kleine Frau von gegenüber, die uns so ermutigend durch ihr Gartentor gefragt hat, warum wir

ausgerechnet dieses Haus gekauft haben. Dieses Mal ist sie gut frisiert und anstatt im Bademantel in eleganterem Aufzug.
- *On va faire un jeu,*
verkündet Aniella.
- Jeder stellt sich vor und sagt, was ihn nach Puilacher verschlagen hat.

Aniella ist Psychologin. Einige murren:
- Aber wir wissen doch, wer wir sind!

Doch Aniella insistiert und setzt sich durch. Die Frau von gegenüber heißt Michèle und ihr Mann Jean-Michel. Das kann man sich merken. Sie haben in Afrika gelebt, viel Zeit zu zweit auf einem Segelboot verbracht und scheinen sich gut zu verstehen. Die Frau mit dem schönen klaren Gesicht daneben heißt Michèle und ihr Mann Claude. Jetzt wird es kompliziert. Claude ist Schlagzeuger und beide hatten in Paris eine Musikbar, bevor sie in Puilacher begannen, eine Scheune auf der anderen Seite der Kirchmauer zu renovieren. Daneben sitzt Jean-Claude. Meine Gedächtnisbahnen beginnen, sich zu überlappen. Ich flüstere meinem Claude zu, wie wir je all diese Michèles und Claudes auseinander halten sollen. Jean-Claude spielt auch Schlagzeug und hat früher Golfplätze gemanagt. Dann kommt Jutta. Eine Landsmännin. Ich bin nicht mehr allein!

Fondant Marron-Chocolat à la Clara

*125 g Butter mit 200 g schwarzer Schokolade
in einem Topf schmelzen lassen,
500 g Maronencreme und nach und nach
insgesamt 4 ganze Eier hinzugeben. Dabei gut verrühren.
Eine Kastenform mit Butter bestreichen
und die Masse hineingießen.
Bei 160 Grad 35 Minuten in den Ofen.*

Ab diesem Moment ist alles ganz einfach. Clara und Richard sind da, zwei Künstler, Sylvie und Bernard, zwei Musiker, Helena und Alain, eine italienische Schauspielerin und Tangotänzerin und ein Karatelehrer, der in der *Garrigue* Mauern aus Trockensteinen baut. Und Uschi und Pit aus Aachen. Sie alle haben sich Puilacher zum Leben ausgesucht. Wir fragen uns nicht mehr, ob es eine richtige Entscheidung war, uns ausgerechnet hier ein Haus gekauft zu haben.

Zu unserem Einleben leistet auch Zazou einen entscheidenden Beitrag. Sie wurde von Claude so getauft, weil sie mit einem Knick im Schwanz geboren wurde und ihm Zorro nicht in den Sinn gekommen ist. Zazou ist so orange wie ein Teil von Christianes Haaren. Mit ihren Geschwistern Manouche und Grisou war sie mit uns umgezogen. Nun kam sie sozusagen in die Pubertät und auf krumme Gedanken.
Zazou liebt weiche Objekte, die sie zwischen ihren Zähnen transportieren kann. So stolpern wir morgens regelmäßig über Topflappen, Brotkörbe, Schwämme, Lappen, Plüschtiere, Hauspantoffeln und Kinderschuhe. Erst der eine, dann der andere. Es stellt sich heraus: Zazou ist eine Diebin!

Ich schreibe einen Zettel und hefte ihn an die Garagentür:
- An alle Besitzer von kleinen, weichen Objekten.

Dann ziehe ich mit dem Diebesgut in einem Korb durch die Nachbarschaft:
- *C'est à vous?* Gehört das Ihnen?

Annie von nebenan bekommt ihren Brotkorb und ihre Topflappen wieder und Suzon ihre weichen Puschen, die sie zum Trocknen auf ihrem Balkon in die Sonne gelegt hatte. Nur die Plüschtiere finden ihre Besitzer nicht wieder. Wir reden Zazou ins Gewissen. Ihr letzter Coup ist eine Zeitschrift, *Closer*. Dann spezialisiert sie sich vor allem auf Blätter. Große, ausladende Blätter, die wir morgens nach dem Aufstehen in

Küche und Wohnzimmer finden. Nur manchmal noch scheint sie sich an ihre erste Leidenschaft zu erinnern. Als Maj und Hape aus Schweden Suzons Haus kaufen und ihre Terrasse renovieren, sorgt Zazou dafür, dass sie ihren Schwamm- und Putzlappenvorrat regelmäßig erneuern müssen.

Natürlich tragen die Katzen auch Lebendiges oder Halblebendiges ins Haus und vergessen es dann, wenn es uninteressant geworden ist. An einem Morgen stehe ich ratlos vor der Gardinenstange in der Küche. Samt Gardine hat sie sich aus der Wand gelöst und hängt schief am Regal zwischen den beiden Balkontüren fest.
Beim näheren Herantreten erkenne ich, eingequetscht zwischen Türrahmen und Regal, die graue Plüschmaus aus Zazous Raubzügen. Wie ist die denn dahin gekommen? Und warum ist die Gardine runtergekommen? Beim noch genaueren Hinsehen erkenne ich, dass die Maus nicht aus Plüsch ist. Es ist auch eigentlich gar keine Maus, sondern eher eine Ratte, die sich mit mir auf Augenhöhe befindet.
Als ich in Bewegung komme, kommt sie es auch. Ich rufe um Hilfe.
     - *Chériiiie!!!*
Claude springt aus der Dusche und kommt von oben heruntergelaufen. Er reagiert schnell, greift nach dem Besen und kickt die Ratte mit sicherer Hand bis hinter den Herd. Dort bleibt sie, denn dort ist nicht an sie heranzukommen. Wir schieben und rücken und leuchten – nichts. Ist sie vielleiht im Haus auf Wanderschaft gegangen? Hat sie den Weg nach draußen gefunden?
Am Abend sitze ich mit einem Glas Wein in der Küche und telefoniere mit meiner Freundin Andrea. Wir sind zusammen zur Schule gegangen und sie kennt mich in den verschiedensten Lebenslagen. In dem Moment, in dem ich die Ratte neben dem Herd die Wand hochgehen sehe, lernt sie

mich von einer weiteren Seite kennen. Ich beende das Gespräch ohne weitere Formalitäten, verbarrikadiere mich im Schlafzimmer und weigere mich, herauszukommen, solange sich dieses Tier bei uns rumtreibt.

Parmentier de Canard à la Jean-Marie

*Entenconfit in kleine Teile schneiden und in einer Auflaufform verteilen.
Kartoffeln und Sellerie kochen,
mit etwas Milch zu einem Purée verarbeiten.
Mit Salz, Pfeffer und Muskatnuss würzen und über dem Fleisch verteilen.
Glattstreichen und mit der Gabel ein diagonales Raster ziehen.
Für etwa eine halbe Stunde bei 180° in den Ofen.*

Ein bisschen habe ich mich daran gewöhnt, dass die Katzen immer wieder uneingeladenen Besuch ins Haus tragen. Als eine Maus im Toaster verendet war, fand ich meine Reaktion recht gelassen. Mit der Zeit wird es ruhiger und die Katzen werden weniger. Auf Grisou folgte Loulou und beide sind nicht mehr. Manouche ist inzwischen so rund, dass sie als Jägerin nicht mehr in Frage kommt. Sie macht sich in der kühlen Jahreszeit als Hand- und Kniewärmer nützlich und sorgt in der warmen Jahreszeit dafür, dass wir regelmäßig den Staubsauger benutzen. Nur Zazou bringt ab und zu noch Beute ins Haus, damit auch ihre träge gewordene Schwester etwas zum Schnuppern und Tatzedrauflegen hat.

Claude erinnert mich daran, dass es Schlimmeres gibt als Feldmäuse, Grashüpfer und Eidechsen im Wohnzimmer und erzählt von einer Schlange, die sich einmal am Fuße seines Bettes zusammengerollt hatte. Auch auf Skorpione und Tausendfüßler im Schlafzimmer verzichte ich gerne und ich bin froh, bisher keiner *Veuve Noire* begegnet zu sein, der Schwarzen Witwe, einer Spinne, deren Biss potentiell tödlich ist. Aber um in der freien Wildbahn auf sie zu treffen, muss man sich Mühe geben.

Keine Mühe geben muss man sich, wenn man auf Wildschweine treffen will. Es gibt sie wie Sand am Meer, wie wilden Thymian in der *Garrigue*. Sie sollen irgendwann einmal mit Hausschweinen gekreuzt worden sein, damit die Jäger was vor die Flinte bekommen. Mir ist nicht klar, ob seitdem besonders viele Jäger ihre Flinten niedergelegt haben oder ob die Sache aus einem anderen Grund aus dem Ruder gelaufen ist. Jedenfalls gibt es eine echte Wildschweinplage. Sie begegnen mir bei meinen abendlichen Spaziergängen in den Weinfeldern, laufen nachts vors Auto und graben in den Gärten die frischen Sprösslinge wieder aus, die tagsüber gepflanzt wurden.

So haben viele mehr als eine Wildschweingeschichte zum Besten zu geben, wobei man bei einigen nicht mehr weiß, wer sie eigentlich erlebt hat. Gern erzählt wird die von dem jungen Typen, der ein angefahrenes und totgeglaubtes Wildschwein in den Kofferraum seines Autos verfrachtet hat. Es kam jedoch während der Fahrt wieder zu sich und zerlegte das ganze Vehikel von innen.

Ohne Zweifel ist, dass Wildschweine zur Gefahr werden können, vor allem auch deshalb, weil sie die Jäger anziehen. In Frankreich ist die diesbezügliche Rechtsprechung recht elastisch. Jäger haben eine starke Lobby und werden von den konservativen Parteien als potentielle Wähler liebevoll gehegt und gepflegt. Einen Jagdschein gibt es schon für wenig Geld und so gut wie jeder, der ihn haben will, bekommt ihn auch.

Und so befinden sich zwischen September und Februar eine Million Jäger auf der Pirsch und immer wieder auch außerhalb der Jagdsaison und machen Spazierwege und Gärten unsicher. Mir kommt zu Nutzen, dass ich ganz gut und eindringlich pfeifen kann. Denn es kommt regelmäßig nicht nur zu überraschenden Konfrontationen zwischen Jägern und Sonntagsfrischlern, sondern auch zu Malheuren, bei denen friedlich grasende Schafe, Esel oder Pferde erschossen werden. Hin und wieder trifft es auch Menschen, die in ihrem Garten Rasen mähen oder auf einer Wiese picknicken. Das mag auch daran liegen, dass nur die Jäger mit grellen Westen unterwegs sind, damit sie sich nicht gegenseitig mit einem Stück Wild verwechseln, und dass Bier, Wein und Pastis mit zum Waidmannsheil gehören.

Birnen in Rotwein

Birnen schälen und in einen Topf geben.
Vollständig mit einem guten Rotwein bedecken.
Mit einer Vanilleschote, 4 oder 5 Nelken,
ein paar Scheiben frischem Ingwer, 2 Zimtstangen
und Sternanis würzen.
Etwas (roten) Zucker hinzugeben.
Bei mittlerer Hitze und ohne Deckel köcheln lassen,
bis der Wein eine dickflüssige Konsistenz annimmt.
Dabei immer wieder umrühren.
Birnen in einer Schale anordnen und mit dem Sirup begießen.
Kalt stellen.

Wir widmen uns dem weitern Ausbau unseres Heims. Seitdem wir aus dem Gröbsten raus sind, soll es an die Feinheiten gehen. Ich hatte auf dem Markt in Aniane Lolo getroffen: einen hochgewachsenen und redegewandten Charmeur, der an keiner Bar vorbeigehen kann. Ich wusste, dass er mit Steinen arbeitet.
- Ich komme, wenn die anderen fertig sind.
Lolo kommt, sieht, besiegt unsere Herzen und bleibt. Unser Haus wird sein Haus. Stolz führt er seine wechselnden Freundinnen durch die Räume, an die er Hand angelegt hat. Tatsächlich kennt er unser Haus bald besser als wir. Lolo baut

Claudes Schmuckatelier in den einstigen Stall und das Skulpturenatelier in Yvettes Scheune nebenan. Er betoniert den Boden in der Garage, baut ein Bad ein, verputzt die hintere Fassade und deckt das Scheunendach neu. Als ich eines Morgens aus dem gegenüberliegenden Schlafzimmerfenster gucke, sehe ich ihn ohne jede Absicherung auf einem der Balken balancieren, in jeder Hand einen Eimer. Wie ein Seiltänzer. Schnell ziehe ich die Gardine wieder zu.
Im Gegensatz zu mir hat Lolo vor nichts Angst. Er jagt die Mäuse, die die Katzen ins Haus bringen, steigt auf die höchsten Leitern und findet für alles Lösungen:
- *On fait comme ça: pim pam poum.* So machen wir es, kein Problem, fertig.
Ich habe mir angewöhnt, abends nach getaner Abend mit ihm die Runde zu machen. Das fünfte Bier in der Hand zeigt er mir stolz sein Tagwerk:
- *Voilà, ma Körstin-chérie.*

Während Lolo unser Haus verschönert, kommt zwei Mal pro Woche ein ambulanter Feinkostladen vorbei. Er hält auf dem Platz vor unserem Haus zwischen Kirche und Brunnen und verkauft das Nützliche, was man beim letzten Einkauf vergessen hat: Nudeln, Konserven, manchmal Obst und Gemüse aus dem eigenen Garten und Bier für Lolo. Früher, so sagt uns Vincent, sei er Dieb gewesen: Er habe für eine Versicherungsgesellschaft in Paris gearbeitet. Lolo lehnt bei ihm am Wagen, ein Bier in der Hand, Claude irgendwann auch, und zusammen wird über den Fortgang der Arbeit, die Wirren und Irrungen der Liebe und die nächste Orangenernte geplaudert.

Fenchel-Thunfischsalat

Fenchelknollen säubern, längs durchschneiden und dann in etwa 1cm dicke Scheiben schneiden. In eine Salatschüssel geben und mit dem Saft einer Zitrone beträufeln. Mit einer kleinen Dose Thunfisch, Orangenstückchen und Olivenöl vermischen. Salzen, pfeffern und kalt stellen.

Wir sorgen dafür, dass sich Haus und Garten weiter füllen. Am Sonntag gehen wir auf den Flohmarkt nach Paulhan. Wir finden: abgeschabte Holzmöbel, alte bestickte Leinentücher, zerbeulte Blecheimer, alle möglichen Bilderrahmen, mehrarmige Leuchter, die nur eine kleine Reparatur bräuchten, um wieder zu funktionieren, und halbblinde Spiegel. Ich stelle sie an strategische Orte im entstehenden Garten, damit er grösser wirkt.

Auf der Terrasse des Cafés werden die Schätze herumgereicht, betastet und begutachtet. Währenddessen räumt ein schweigsamer junger Mann Gläser und Tassen ab, sobald man den letzten Tropfen ausgetrunken hat, und wischt mit gekonnter Geste und einem zweifelhaften Lappen über die Blechtische. Auch in den Wintermonaten versuche ich, es möglichst draußen auszuhalten. Denn drinnen kann man, obwohl Rauchen in öffentlichen Räumen verboten ist, kaum die Hand vor Augen erkennen. Im dichten Qualm um den Tresen herum drängen sich Sonntagsjäger, Mütter mit Kinderwagen, Flohmarktbesucher und die *Habitués*: die, die immer da sind und morgens ab zehn ihren Pastis oder Weißwein trinken.

Als im darauffolgenden Frühjahr meine Eltern wieder da sind, um sich vom guten Voranschreiten der Arbeiten zu überzeugen und uns weiter zur Hand zu gehen, steht ein besonderer Auftrag an. Denn mein Vater bleibt nur länger als drei Tage, wenn man ihm was zu tun gibt. Das bekommt er. Der Innenhof soll mit Kieselsteinen ausgelegt werden. Anfangs träumte ich von einer kleinen Rasenfläche und frischen grünen Halmen unter meinen Füssen, wenn ich morgens in der aufgehenden Sonne meinen Kaffee hier trinken würde. Doch Claude und Lolo redeten mir diese Idee wieder aus und machten mich auf die Wassermassen aufmerksam, die es brauchen würde, um diese Halme durch die glühenden Sommer zu bringen.

An dem Tag, als die Kiesel geliefert werden sollen, fahre ich morgens in die Schule und komme mittags wieder zurück. Vor der Garage liegt nichts. Kein Stäubchen von den Kieseln. Haben die uns vergessen? Als ich in den Hof komme, stehe ich vor einem vollendeten Werk: Mit seinen 75 Jahren hat es sich mein Vater nicht nehmen lassen, die sieben Tonnen alleine mit der Schiebkarre in den Hof zu wuchten. Claude zuckt mit den Schultern und erzählt, dass es unmöglich war, ihm die Karre wieder aus der Hand zu nehmen. Er durfte nur harken und die angeschleppten Massen gleichmäßig verteilen.

In Vielfalt zusammen

Brandade de Nîmes

*800 g Stockfischfilets (in Salz eingelegter Kabeljau)
gut abspülen,
in eine Schale legen und mit kaltem Wasser bedecken.
Innerhalb von 24 Stunden 2-3 Mal das Wasser wechseln.
Am nächsten Tag Fischstücke kleinschneiden,
6 Knoblauchziehen abziehen und den grünen Keim entfernen.
Kartoffeln schälen und in Stücke schneiden,
zusammen mit dem Knoblauch und dem Stockfisch
in kaltes Wasser legen.
Aufkochen lassen und während 20 Minuten
bei kleiner Flamme garen.
Abtropfen lassen, grob pürieren
und dabei langsam etwa 25cl Olivenöl hinzugeben.
In eine geölte Auflaufform geben,
mit Muskatnuss und Pfeffer würzen.
Während etwa 10 Minuten goldbraun werden lassen
und mit Knoblauchcroutons servieren.*

Mit der Zeit brauchen uns Haus und Garten immer weniger. Passiflora, Yasmin und Solanum wachsen von alleine und wir haben Zeit, mit unseren ersten Besuchern Ferien zu machen. Dazu muss man nicht weit fahren. Alle paar Kilometer taucht man in eine andere Landschaft.

Auf der Fahrt durch die flache Lagunenlandschaft der Camargue tauchen rosafarbene Flamingos elegant nach ihrem Mittagessen, als hätten sie sich dort hingestellt, um sich fotografieren zu lassen. Hier und da erscheint eine der weißgetünchten und strohgedeckten *Cabane de Gardian*, in denen früher die Landarbeiter mit ihren Familien lebten. Hier ist Cowboyland. Hier leben vor allem Stiere, Pferde und Mücken. Man sollte sich sehr genau überlegen, wo man spazieren geht und welche Gefahr man vorzieht: von Mücken zerstochen zu werden oder von Stieren überrannt. Denn etliche der imposanten Exemplare sind wild. Die anderen leben in *manades*, in freien Herden, und werden für die großen Arenen von Nîmes und Arles und für die kleinen in den umliegenden Dörfern gezüchtet.

Bevor ich hierher zog, dachte ich, Stierkampf und Gipsy Kings kommen aus Spanien. Beide sind hier zu Hause. Auch in Frankreichs Süden hält man an der Tradition fest, sich in den Sommermonaten allsonntäglich zu beweisen, dass das Tier dem Menschen unterlegen ist.
Auch in Dörfern wie Aniane, in denen der Stierkampf keine Tradition hat, ist es in Mode gekommen, als besondere Attraktion bei den jährlichen *Fêtes votives* zu Ehren des jeweiligen Schutzpatrons junge Stiere durch die Gassen zu scheuchen. Manch einer mag dabei von Pamplona und Hemingway träumen und sich als Held feiern lassen, wenn es ihm gelingt, sich nicht von dem Tier auf die Füße treten zu lassen. Bei den *Abrivados* laufen die verstörten Tiere durch eine verbarrikadierte Gasse von einem Kleintransporter zum anderen, während die Mutigsten der Dorfjugend versuchen, sie dabei zu berühren oder am Schwanz zu ziehen. Bei den Jüngeren sind die *Taureau-Piscine* beliebt, bei denen der gewinnt, dem es gelingt, eine junge Kuh in ein eigens für das Spektakel ausgehobenes Wasserloch zu locken.

Es herrschen gelegentlich raue Sitten, so scharf und markig wie der Mistral, der in dieser Gegend zu Hause ist. Er prägt nicht nur die Landschaften, sondern auch das Gemüt der Menschen.
Besonders stark bläst er in Arles, eine Stadt im Rhônedelta, die von den Galliern gegründet und von Cäsar zur römischen Militärkolonie gemacht wurde. Hier kreuzt sich die *Via Agrippa*, die über Lyon nach Trier führt, mit der *Via Aurelia*, die Marseille mit Rom verbindet. Die Stadt atmet Geschichte,

Tragödie, Farben und Licht. Kein Wunder, dass Vincent van Gogh hier etwa dreihundert seiner Bilder malte, bevor er sich an einem 23. Dezember in einer dramatischen Aktion das Ohr abschnitt.

Safrangemüse

6 frische Zwiebeln in Olivenöl anbraten,
2 frisch gepresste Knoblauchzehen hinzugeben,
6 in Stücke geschnittene, entkernte
und abgetropfte Tomaten hinzufügen.
Wenn die Mischung anfängt zu köcheln,
je nach Saison kleingeschnittene Gemüse hinzufügen:
Auberginen, Karotten, Blumenkohl, grüne Bohnen,
Paprika, Zucchini, Porree, Artischocken, …
Mit Wasser aufgießen, salzen und mit Safran,
Curry oder Paprika würzen.
Bei hoher Hitze 25 Minuten kochen lassen.
Währenddessen Kartoffeln kochen
und alles zusammen 5 Minuten köcheln lassen.

Fährt man von Arles weiter in Richtung Süden, kommt man zu den Saintes-Maries-de-la-Mer. Die Legende erzählt, dass vor 2000 Jahren Marie-Madeleine, Marie Salomé und Marie Jacobé nach ihrer Flucht aus Palästina auf einem steuer- und segellosen Boot genau hier an Land gespült worden sind. In ihrer Gefolgschaft befand sich der von Jesus wieder zum Leben erweckte Lazarus, der der erste Bischof von Marseille wurde. Seitdem tun die Marien hier Gutes. Die Wände der kleinen Kirche des Ortes sind voll von *Exvoto*, Gaben und oft sehr anschaulichen Bildern jener, die im Laufe der Jahrhunderte vor Unfällen, Krankheit und Tod bewahrt wurden.
Les Saintes-Maries ist nicht nur eine Etappe auf dem Jakobsweg, sondern auch Wallfahrtsort für die Roma, Tsiganes, Manouches und Gitans aus ganz Europa. Zwei Mal im Jahr kommen sie aus allen Himmelsrichtungen für die

Prozessionen zusammen, bei denen die Marienstatuen durch die Straßen getragen werden und die Heilige Sarah für einen symbolischen Purifikationsakt bis zu den Hüften im Wasser versenkt wird.

Diese Bräuche haben Frankreichs Revolution und den darauf folgenden Laizismus überlebt, der heute dazu führt, dass der Weihnachtsmarkt in Montpellier nicht mehr Weihnachtsmarkt heißt, sondern *Hivernales*, um jede religiöse Anspielung zu vermeiden.

Obwohl sich viele von der Religion abgewendet haben und nicht wenige meiner Studenten heute nicht mehr wissen, warum sie Weihnachten, Ostern und Pfingsten frei haben, und obwohl die Karnevalsumzüge gerne auf den Mai verlegt werden, weil es da wärmer ist, hält sich im Land die Bewunderung für die Katharer. Diese frühchristlichen Glaubensgemeinschaften waren frei von allem materiellen Besitzdenken und zogen sich in die *Citadelles du Vertige* – die Zitadellen des Schwindels, zurück, die Festungen von *Lastours, Agulilar, Monségur, Quéribus* oder *Peyrepertuse*. Die damals neu entstehende katholische Kirche, der die Katharer von Anfang an ein Dorn im Auge waren, startete den ersten Kreuzzug auf europäischem Boden gegen diese Häretiker und rottete sie bis auf den letzten Mann aus.

- Tötet sie alle! Gott wird die Seinen schon erkennen, orderte der päpstliche Legat bei der Schlacht in den Straßen von Béziers, bei der alle Bewohner niedergemetzelt wurden, ob Katharer oder nicht.

Auch wenn Béziers heute eine der unbeliebteren Städte im *Département* ist, was auch an der Maßnahme des aktuellen Bürgermeisters liegen mag, dass man im Innenstadtbereich seine Wäsche nicht mehr zum Trocknen vor die Fenster hängen darf, ist die alte Zeit lebendig in diesem Land der Ritter, Mönche und Troubadoure.

In der *Couvertoirade*, einem in der Hochebene des Larzac gelegenen Dorf, kann man heute noch die Spuren der Tempelritter besichtigen und in der mittelalterlichen *Cité* von Carcassonne die vollständig erhaltene Stadtmauer. Wer empfänglich für Geschichte ist, kann sich alle paar Kilometer vom Hauch des Vergangenen berühren lassen zwischen dem von den Griechen erbauten Agde, dem von den Römern geprägten Narbonne und im katalanischen Perpignan, dessen Ursprünge bis in die Bronzezeit zurückgehen. Heute jedoch wird an diesen historischen Orten vor allem um eines gekämpft: einen freien Platz auf den Terrassen der Bars und Restaurants.

Taboulé

Hartweizengrieß mit reichlich frisch gepresstem Zitronensaft beträufeln, Olivenöl und etwas warmes Wasser, feingeschnittene Tomaten und Minzblätter hinzugeben, salzen, pfeffern.
Alles gut miteinander vermischen und ein paar Stunden durchziehen lassen.
Schmeckt gut zu Merguez, kleinen, scharf gewürzten Würstchen aus Lammfleisch, und anderem Gegrillten.

Auch in hundert Jahren werde ich nicht alles gesehen haben zwischen Collioure, dem letzten Städtchen vor der spanischen Grenze, und Millau, der Stadt, die im Norden einer der höchsten und längsten Brücken der Welt ihren Namen gibt. Immer wieder habe ich den Eindruck, in ein anderes Land zu kommen.

Neben bunter Ausgelassenheit findet man auch Orte, an denen man sich am Ende der Welt wähnt. *Chemin du bout du monde* - so heißt tatsächlich der Weg, der aus Saint-Guilhem-le-Désert herausführt, einem Dorf am Ufer des Hérault nördlich von

Aniane. Man muss sich keine Mühe geben, es zu finden. Schon an der Autobahn ist die Abfahrt nach Saint-Guilhem deutlich gekennzeichnet, denn es handelt sich hier um eine der wertvollsten Perlen touristischer Attraktionen.

Hier hat Jean-Noël sein Reich. In seinem *Petit Jardin* an der Straße, die das Dorf durchquert, bekommt der Besucher so viel Gegrilltes, wie er möchte. Hier gibt es Olivenöl und Kräuter der Provence anstatt Ketchup und Mayonnaise und frische Obstsäfte aus der Gegend anstatt Coca-Cola – vorausgesetzt, man lässt sein Handy in der Tasche. Denn hier soll der Kunde nicht nur die *produits du terroir*, die heimische Küche genießen, sondern auch das Gespräch mit seinen Tischnachbarn. Wer sich nicht daran hält, bekommt erst die gelbe, und dann die rote Karte. Mit der Trillerpfeife wird das Foul geoutet und dem Gast, nachdem ihm spendiert wird, was er bis dahin verzehrt hat, freundlich der Ausgang gewiesen.

In den Hochsommermonaten ist es in Saint-Guilhem so belebt, dass man sich nur schwer vorstellen kann, welche Einsamkeit Guillaume de Gellone, ein Vetter Karls des Großen und Gründer der gleichnamigen Abtei, nach einem schlachtenreichen Leben hier gesucht hat. Das sich weit über den Dorfplatz ausbreitende Dach einer uralten Platane berührt die Mauern des im neunten Jahrhundert gebauten Schmuckstückes romanischer Baukunst. Über Jahrhunderte hatte man es wegen der Religionskriege, der Revolution und der Landflucht einfach verfallen lassen, bis schließlich ein amerikanischer Kunstliebhaber den Wert des Gebäudes erkannte und einen Teil des Kreuzgangs in das New Yorker Museum *The Cloisters* transportieren ließ, wo man ihn heute besichtigen kann.

Doch ein Großteil der alten Steine blieb Saint-Guilhem erhalten. Die mächtigen Fliesen im Eingang der Abtei sind von unzähligen Schritten blank gerieben. Eine schlichte kreuzförmige Auslassung oben in der Altarwand lässt das Licht sich hindurchfächern und erhellt den im Halbdunkel liegenden Raum mit seinen Strahlen. Im Hof des Kreuzganges züngeln sich zwei Zypressen wie mächtige Flammen in den Himmel und tun es damit den schroffen Felsen gleich, die sich direkt hinter dem Dorf erheben. Oben auf einem Bergkamm erkennt man die Reste der alten *Burg des Giganten,* der die Bewohner des Dorfes zu Guillaumes Zeiten terrorisiert haben soll und von diesem schließlich besiegt wurde.

Folgt man der schmalen Straße, die aus Saint-Guilhem herausführt und sich am Hérault entlang schlängelt, taucht man in eine wilde, ursprüngliche Berglandschaft, deren Reiz man allein wegen der Kurverei umso mehr genießen kann, je mehr Zeit man sich nimmt. Oben auf der Hochebene wird man von einer wohltuenden Geraden empfangen, die einen schließlich bis nach Saint-Jean-de-Buèges führt, einen kleinen, mittelalterlichen Ort, wo man sich auf einer Terrasse am Ufer eines plätschernden Flusses einen Pastis für den durchgeschüttelten Magen bestellen kann.

Basilikum-Hummus

Kichererbsen, Olivenöl, Tahin, Salz, Pfeffer, reichlich frische Basilikumblätter und etwas Wasser mit dem Stabmixer zu einer streichbaren Paste verarbeiten.

Weiter unten, kurz vor der zweiten Schleuse, dort, wo sich der Hérault von der Straße trennt, gibt es eine Stelle, die *Roi assis* genannt wird: der sitzende König. Eine der Felsformationen über dem Fluss sieht mit ein wenig Fantasie so aus wie ein dicker König mit einer kleinen Krone auf dem Kopf. Das ist das Zeichen, sein Auto zu parken. Viel Platz ist dafür nicht. Entsprechend leer ist es unten am Fluss. Man erreicht das Ufer

nach einer kleinen Klettertour, die auch mit einem Picknickkorb in den Händen zu meistern ist.
Weit erstreckt sich der Kieselstrand und frisch plätschernd bahnt sich das Wasser seinen Weg durch die Steine und Felsen, bevor sich der Fluss dort weitet, wo am Abend die Sonne untergeht.

Hier feiere ich meinen Geburtstag. Vor dem Picknick wird gebadet. Ich lasse mich von den Stromschnellen massieren und schließlich nach unten treiben. Als ich im ruhigen Wasser ankomme, ist mein Ringfinger leer. Da, wo oben mein Lieblingsstück saß, das Schönste, was ich je besessen hatte, der breite Silberreif, um den sich ein goldener Ast windet, an dem ein kleiner Diamant blüht, ist nichts mehr! Ich bin fassungslos. Ich reiße meinen Arm hoch und strecke Claude, der weiter unten badet, meine leere Hand entgegen. Er winkt zurück.
Die Gäste fangen an zu tauchen, schieben Steine zur Seite, pirschen die Stromschnellen ab: nichts. Es ist vollkommen unmöglich, in diesem sprudelnden, funkelnden Wasser einen glänzenden Silberring zu finden. Grübelnd setze ich mich ans Ufer. Nie wieder werde ich etwas so Schönes besitzen, etwas so Besonderes! Natürlich kann Claude ihn noch einmal machen, doch das wäre nicht dasselbe. Verheißt es Unglück, ihn verloren zu haben? Noch dazu an meinem Geburtstag? Stimmt mit unserer Beziehung etwas nicht? Während ich Trübsal blase, sehe ich Jean-Marie in seiner sonnengelben Badehose heranschwimmen.
- Hast du Seife?
Mir ist nicht zum Scherzen zumute. Leicht gereizt schaue ich hoch. Da blitzt er mir entgegen: mein Ring! Er hat ihn oben in den Stromschnellen gefunden!

Zucchini-Flan

*Zucchini in Scheiben schneiden und in der Pfanne anbraten.
Schalotten, frische Ingwer- und Kurkumawurzeln
und Knoblauchzehen klein hacken und dazugeben.
6 große Eier mit der Gabel vermischen, salzen, pfeffern
und die Zucchini-Mischung unterrühren.
Das Ganze in eine mit Backpapier ausgelegte Kastenform geben
und bei 180 Grad etwa 40 Minuten im Ofen garen.*

An diesem Tag ist Jean-Marie mein Held. An anderen Tagen spaziere ich mit ihm, Cherryl und einem kleinen tibetanischen Klosterhund durch das Kalksteinmassiv der Séranne. Von hier aus blickt das Auge ungehindert über das gesamte Tal des Hérault. Es ist, als schaue man in die Wiege unserer Zivilisation. Keine Stromleitung ist zu sehen. Die weiche Linie aus Weinfeldern, Olivenhainen und *Garrigue* wird hier durch schlanke, hohe Zypressen und dort durch einen spitzen Kirchturm durchbrochen. Bei guter Sicht kann man in der Ferne die Silhouette der Pyrenäen und den Canigou, den Hausberg von Perpignan, erkennen.

Cherryl ist eine englische Töpferin mit einem Faible fürs Theater. Ihre Kreationen kann man im *Argileum* von Saint-Jean-de-Fos bewundern: Schafe, Bären, Hasen, Pinguine, Wölfe, Hühner - wunderliche und anrührende Wesen, denen man am liebsten über den Kopf streichen möchte und bei denen mancher Betrachter rätselt, um was es sich handelt. Ihre neusten Kreationen sind Schweine, die wie Hunde aussehen.
Nie gehen Cherryl die Ideen aus. Sie wird von einem geradezu unerschütterlichen Optimismus beseelt. Seit ich sie kenne, arbeitet sie an einem Trickfilmprojekt, in dem umweltbewusste Gartenzwerge über die Geschicke der Menschheit philosophieren. Für ihr Projekt organisiert sie Happenings auf öffentlichen Plätzen oder fotografiert uns alle

mit Gartenzwergmützen aus Pappmaché auf dem Kopf, ohne dass bisher auch nur eine einzige Folge der reisenden Zwerge an den Start gegangen ist.

Nach zwölf Jahren des Zusammenlebens macht ihr Jean-Marie einen Heiratsantrag. Claude und ich sind Trauzeugen. In der mittäglichen Augusthitze schleppen wir uns zur Zeremonie in die *Mairie*. Beim anschließenden Champagner steigen mir schon die ersten Schlucke so zu Kopf, dass ich dringend eine Siesta im Kühlen brauche, während der Bürgermeister und sein Stellvertreter nach getaner Arbeit erst einmal etwas Richtiges trinken gehen.

Währenddessen schmückt Barbara, mit der ich sieben Jahre in Hamburg zusammengewohnt habe, und die sieben Jahre in einem alten Bauernhaus in der Touraine gelebt hat, während ich im Burgund war, unseren Garten, in dem die anschließende kleine Feier stattfinden soll. Mit zarten Fingern hängt sie Lichter und kleine ausgesuchte Liebespoesien in das Blätterwerk der Passionsblume und das Laub des wilden Weins, die inzwischen die Steinmauern bedecken.

Am späteren Abend lösen sich die Zungen und die Gespräche werden kokett. Es sind die Männer, die, einer nach dem anderen, blumenhaft ausgeschmückt davon erzählen, wie sie ihre Frauen kennengelernt haben. Ausgelassen lachend sitzt die kleine Runde unter einem Augusthimmel, an dem es besonders viele Sternschnuppen gibt, und wünscht der jungen Ehe Glück für ihre zukünftigen gemeinsamen Jahre. Doch ein paar Monate später schon bricht sie auseinander: Er brennt mit seiner Tantralehrerin durch.

Pissaladière

*6 bis 8 große Zwiebeln in Stücke schneiden
und langsam in Olivenöl anbraten.
Regelmäßig umrühren und eine gute halbe Stunde lang
karamelisieren lassen.
Salzen und mit Kräutern der Provence würzen.
Währenddessen 250 g Weizenmehl, etwa 3 EL Olivenöl,
ein Päckchen Backpulver, eine Prise Salz und etwa Wasser
zu einem homogenen Teig verarbeiten.
Ausrollen und auf ein Backblech legen.
Anstechen, die Zwiebelmischung darauf verteilen.
Mit Anchovifilets, schwarzen Oliven
und Knoblauchzehen en chemise, (mit ihrer Haut) garnieren.
Während etwa 30 Minuten im Ofen backen.*

Liebe kommt und Liebe geht. Heute brennt die Sonne vom Himmel und morgen jagen dunkle Wolkenberge hintereinander her und der Wind bläst einem den Verstand durcheinander. Während in den Cevennen Schneestürme toben, können die Menschen in Palavas-les-Flots auf der Strandpromenade Kaffee trinken.

Es kommt vor, dass sich über Puilacher die Sintflut ergießt, während Claude ein paar Kilometer weiter in aller Ruhe seine Boules-Kugeln über den Platz rollt. Von einem Moment auf den anderen, von einem Dorf zum nächsten, kann sich das Wetter grundlegend ändern. Es regnet selten, doch wenn, dann meistens richtig. Kein seichter norddeutscher Nieselregen, der tagelang andauert, keine wochenlang tiefhängende Wolkendecke, die das Gemüt auf Tauchgang schickt. Das Wetter ist wie das Temperament der Menschen hier: Es kracht richtig, und dann ist alles wieder gut.

Wenn es im Frühjahr und Herbst regnet, stehen binnen kürzester Zeit ganze Landstriche unter Wasser. Von einer Minute auf die andere werden Straßen unpassierbar. Manch einer riskiert, nicht nur sein Auto zu verlieren, wenn er die Warnungen ignoriert.

Wenn die *Clamouse* weint, ist die Zufahrt von Süden nach Saint-Guilhem-le-Désert gesperrt. In der Tropfsteinhöhle fließt ein unterirdischer Fluss, der bei starkem Regen so stark anschwellen kann, dass die Wassermengen durch einen Felsspalt auf die Straße stürzen und niemanden mehr durchlassen. Die Legende erzählt, dass es die Tränen einer Mutter sind, die ihren Jungen, der sich oben im Bergmassiv als Hirte verdingte, an den Fluss verlor. Anstatt wie vereinbart ein Schaf aus dem Wasser zu ziehen, das der Junge regelmäßig zum Lebensunterhalt der Familie beisteuerte, barg die Mutter ihr ertrunkenes Kind. Ihre Trauer darüber war so groß, dass sie unaufhörlich zu weinen begann. Den Menschen bleibt sie dadurch in Erinnerung, dass sie der Höhle ihren Namen gab: *Clamouse*, die Klagende.

Ein paar hundert Meter weiter unten, so erzählt man sich, soll einst der Teufel seine Hand im Spiel gehabt haben. Die Mönche von Saint-Guilhem und Aniane hatten sich an den Bau einer Brücke über den Hérault gemacht, um die Gemeinden miteinander zu verbinden. Doch immer wenn diese Brücke fast fertig war, machte jemand das Werk wieder zunichte.
Die Mönche wurden immer ratloser, bis schließlich einer den Mut fasste, des Nachts zu schauen was da vor sich ging. Und wen fand er damit beschäftigt, fleißig die Steine abzutragen? Den Teufel höchstpersönlich, der die Verbindung der beiden Abteien natürlich zutiefst missbilligte.
Die Mönche setzten sich zusammen, beratschlagten, was zu tun sei und schickten schließlich jemanden aus, der verhandeln sollte. Es wurde eine Vereinbarung getroffen: Man würde dem Teufel die erste Seele opfern, die im Morgengrauen über die fertiggestellte Brücke ginge. Natürlich hatte keiner Lust, sich dafür zur Verfügung zu stellen. So kam man auf die

Idee, als erstes einen Hund über die Brücke zu schicken. Der Teufel war über diese List so erbost, dass er sich geradewegs in die Schlucht stürzte und nicht mehr gesehen wurde.

Seitdem hält die Brücke. Immerhin trägt sie des Teufels Namen: *Pont du Diable*. Ein Ort der bösen Überraschungen ist sie geblieben. Dort, wo sich der Fluss malerisch und smaragdgrün durch die hellen Kalkfelsen schlängelt, bevor er zu einem Badesee wird, dort, wo im Sommer unzählige Menschen baden, Kanu fahren und tauchen, kommt es immer wieder zu Unfällen. Denn bei den Jugendlichen aus den umliegenden Dörfern gilt es als Mutprobe, von der Brücke aus ins Wasser zu springen, dessen Oberfläche nicht ahnen lässt, wie zerklüftet und unberechenbar die Felsen darunter sind.

Cherryls pikante marinierte Garnelen

Kokosmilch mit scharfer grüner Currypaste, geriebener Schale und Saft von grünen Zitronen und kleingehacktem Ingwer verrühren. Garnelen hinzugeben und ein paar Stunden im Kühlschrank marinieren lassen.

Vom *Pont du Diable* aus führt eine schmale Landstraße durch die Weinberge in Richtung Puéchabon. Folgt man ihr und zweigt an einer bestimmten Stelle links ab, erkennt man irgendwann auf dem holprigen Weg durch Weinberge und Olivenhaine die Spitze einer kleinen romanischen Kapelle aus dem 12. Jahrhundert, die mehr Ähnlichkeit mit einer Festung als mit einer Kirche hat.
Früher hielten hier Benediktinermönche ihre Andacht. Heute gibt es keine Gottesdienste mehr hinter den hellen, aus Kalkgestein erbauten Mauern. Es kann jedoch vorkommen, dass man bei einem Spaziergang, bei dem man sich am Rande

der Zivilisation wähnt, plötzlich Musik erklingen hört. Die Kapelle wird heute gelegentlich für Konzerte genutzt.

Saint-Sylvestre ist für mich ein besonderer Ort. Hier komme ich her, wenn ich eine Entscheidung treffen muss oder ich mich außerhalb der Zeit fühlen will. Denn hier bei diesen alten Steinen, zwischen den knorrigen Steineichen und silbergrünen Olivenplantagen, mit diesem Blick auf eine Landschaft, die seit Menschengedenken so ausgesehen hat, scheint mir alles möglich zu sein.

- *Vas-y*, nur Mut,

scheint es hier zu wispern.

- Nimm das, was dir angeboten wird, und mach etwas daraus. Lass dich nicht beirren. Vertraue deinem Herzen und der Boden wird sich vor dir ebnen.

Zu Tisch!

Cake mit Roquefort und Walnüssen

3 Eier, 150 g Mehl, 1 Päckchen Backpulver, etwa 100 ml Olivenöl, etwas warmes Wasser, Salz und Pfeffer zu einem dickflüssigen Teig verarbeiten. Roquefort und Walnüsse hinzufügen und mit dem Teig verrühren. In eine mit Backpapier ausgelegte Kastenform geben und eine gute halbe Stunde bei etwa 180 Grad im Ofen garen.

Natur ist allgegenwärtig und man lebt nach dem Rhythmus, den sie vorgibt. Kaum jemand kommt auf die Idee, im Sommer Orangen und im Winter Tomaten zu kaufen. Man wartet auf den ersten Spargel, den ersten blühenden Mohn, das erste Konzert der Zikaden, die ersten Unwetter nach dem 15. August und wird nicht müde, die Schönheit der sich wandelnden Landschaft zu preisen.

Obwohl auch in Frankreich die Supermärkte viele Innenstädte leergefegt haben, kauft man hier Fisch, Geflügel und Kleintiere noch gerne im Ganzen und bereitet sie eigenhändig zu. Käse gibt es nicht nur in Scheiben vorgeschnitten und in Plastik verschweißt. Vor allem: Er darf nach etwas schmecken. Nicht nach künstlich hinzugefügten Aromen, sondern nach dem Tier, von dem er kommt, und der Zeit, die er gereift ist.

Für nördliche Gaumen ist das oft eine Herausforderung. Claude erzählt gern von einem amerikanischen Paar, das bei ihm zu Besuch war. Sie bestanden darauf, *absolutely* original französische Käse auszuprobieren. Claude warnte sie vor möglichen geschmacklichen Überforderungen, gab jedoch dem Insistieren nach und komponierte mit Überlegung und Sorgfalt einen bunten Streifzug durch die französische Käselandschaft. Darunter ein reifer Camembert aus der Normandie. Die

Reaktion darauf soll dem nahegekommen sein, als hätte man ihnen gedämpftes Affenhirn oder Yak-Penis vorsetzt.

Ich habe im Laufe der Jahre nicht nur gelernt, so ziemlich alle Käse zu mögen – außer vielleicht den korsischen *Casgiu Merzu* mit lebenden Larven drin - sondern auch, sie einigermaßen korrekt anzuschneiden. Käse, so weiß ich inzwischen, reifen von innen heraus. Runde Exemplare wie die kleinen Ziegen- und Schafskäse werden wie eine Torte angeschnitten und nicht in Scheiben zerlegt, um gleichzeitig Reifes und weniger Reifes auf dem Baguettebröckchen zu haben. Vom Roquefort darf man auf keinen Fall die dünne untere Spitze abschneiden, da in ihr die meiste Würze sitzt. Er wird in Längsrichtung angeschnitten, damit alle was davon haben und die Nachfolgenden sich nicht mit der trockenen Kruste zufriedengeben müssen.

Ein besonderes Erleben war es für mich zu lernen, Austern zu essen. Als ich mich das erste Mal bei einem Glas kühlen Chablis in einer Markthalle im Burgund an diese so beliebte Spezialität herangewagt habe, raunte mir jemand zu, ich müsse gut kauen und aufpassen, dass sich die Tiere nicht in meiner Speiseröhre festsaugen. Was als Scherz gemeint war ließ mich begreifen, dass die Tiere noch lebendig sind, wenn man sie isst. Das sollten sie auch unbedingt sein. Ansonsten riskiert man ein paar sehr ungemütliche Stunden, an die man sich am liebsten nicht erinnert, und eine lebenslange Abneigung gegen diese Delikatesse.
Dem mutigen Probierer mag in den Sinn kommen, den unansehnlichen, glibberigen Inhalt, so wie er es vielleicht in Filmen gesehen hat, einfach aufzuschlürfen und runterzuschlucken. Augen zu und durch. Was er vielleicht nicht bemerkt hat, ist die dezente Kaubewegung, die nicht nur den Geschmack wahrnehmen lässt, sondern auch dem Tier

einen schnellen Garaus macht. Man stelle sich vor, was passiert, wenn es lebend durch die Speiseröhre reist und die Sekrete seiner Agonie sich mit den eigenen Verdauungssäften vermischen. Wer also nur schlürfen möchte, sollte sich darauf beschränken, ein paar Schlucke Meerwasser zu trinken. Das ist verträglicher und kommt günstiger.

Claudes gratinierte Austern

*Austern öffnen und das Wasser abgießen,
auf einem Bett aus grobem Salz auf ein Backblech legen,
Butter mit Petersilie, etwas Knoblauch
und Pfeffer vermischen,
auf den Austern verteilen und
mit etwas ungekochter Polenta bestreuen.
15 Minuten bei 180° im Ofen garen.*

Ich lerne nicht nur, die Früchte des Meeres so zu essen, dass ich nicht hinterher duschen muss. Ich weiß auch, wie man am besten die *Petits Pâtés de Pézenas* anbeißt, ohne dass einem die klebrige Füllung über Kinn und Finger läuft und man versuchen muss, schon beim Aperitif möglichst diskret nach dem Bad zu fragen.
Seit wir in der gleichnamigen Stadt Pézenas ein kleines Häuschen erstanden haben – so schnell und so unkompliziert, dass ich, als wir keine Viertelstunde nach der Erstbesichtigung in der Agentur saßen, den Eindruck hatte, gerade einen Kühlschrank zu kaufen – muss bei uns jeder Gast einmal diese knusprigen zylinderförmigen Hütchen probieren und raten, was drin ist. Wüssten sie es vorher, würden viele es sicher nicht probieren. Aber so kommt niemand darauf, dass es sich um einen der vielen Küchenunfälle handelt, die die französische Gastronomie so reich und vielfältig machen. Jemand hatte beim Würzen eines Hammeltopfes Salz mit Zucker verwechselt.

Die meisten probieren diese von uns geschätzte Spezialität nur ein Mal. Einfacher ist es, unsere Gäste an die *Tielles* heranzuführen: pikante, mit Tintenfisch gefüllte runde Küchlein, die wie eine gedeckte *Tarte* aussehen. Eine Spezialität aus Sète. Hier gibt es regelrechte Wettkämpfe, wer die originalsten und besten *Tielles* macht.

Was die *Meringues aux Pignons* betrifft, gehen die Meinungen weniger auseinander. Die aufgeschlagenen Eierschaumhäubchen heißen in Deutschland *Baiser*. In Frankreich jedoch bedeutet dieses Wort als Nomen Küssen und als Verb Intimeres. Doch den von der deutschen Sprache adoptieren französischen Begriffen hängt stets ein Hauch von Eleganz und Raffinesse an, selbst wenn sie, wie das in die deutschen Innenstädte eingezogene Wort *Pissoir*, in ihrem Ursprungsland als ausgesprochen vulgär gelten.

Eins steht fest: im französischen Süden kann man Vielfältiges und Besonderes essen. Viele Restaurants kommen dafür allerdings nicht in Frage, vor allem dann nicht, wenn sie sich in der Nähe einer touristischen Attraktion befinden. Sie sind nicht darauf angewiesen, dass ihre Kunden wiederkommen. Auch wenn die Dekoration und die Karte vielversprechend winken: Was vorne schön französisch aussieht, ist hinten oft industriell gefertigte Massenware und wird nur aufgewärmt. Je grösser das Angebot, je internationaler die Karte, desto schlechter ist meistens die Küche. Gute Restaurants haben meist kleine oder gar keine Karten. Sie bieten Marktfrisches und Saisonales an, was nicht unbedingt teuer sein muss. Wenn man die Augen offen hält und bereit dazu ist, sich für die abgelegenen Dörfer zu interessieren, ist man nicht dazu verdammt, sich einen Urlaub lang von *Steak-Frites, Croque Monsieur* und Pizza zu ernähren.

Tomatengratin

6 reife Tomaten halbieren und Kerne und Saft herauspressen. Im Küchenmörser 1 Knoblauchzehe und 1 Anchovifilet zerkleinern, 1 Bund glatte Petersilie kleinschneiden und damit vermischen. Tomaten mit der Schnittfläche nach oben in eine Auflaufform legen und die Petersilien-Knoblauch-Anchovimischung hineinfüllen. Mit Paniermehl bestäuben, Olivenöl darüber träufeln, mit Pfeffer würzen und bei hoher Temperatur während 20 Minuten im Ofen garen.

Das beste Essen gibt es auf den Markt geht und wenn man selbst kocht. Die Mittelmeerküche ist eine der gesündesten überhaupt und bietet alles, was man braucht, um nicht nur den Gaumen, sondern auch den Rest des Körpers zu erfreuen. Und die der anderen gleich mit. Das *Régime méditerranéen* besteht vor allem aus frischem Gemüse und Obst, Fisch und Hülsenfrüchten, viel Olivenöl, Kräutern und Knoblauch, wenig Fleisch von Huhn und Schaf und keinen Kuhmilchprodukten.

Auch wenn meine einstigen treuen Küchenbegleiter wie Sahne, crème fraîche und Butter so gut wie nicht mehr in mein Essen gehören – Ausnahmen mache ich gerne – auf eines muss man bei dieser Art von Ernährung nicht verzichten: Rotwein.
Welche Mengen davon gesund sind, darüber gehen die Meinungen auseinander. Mancher weicht dieser Frage aus, indem er Wein kurzerhand nicht unter Alkohol laufen lässt, so wie eine Winzerin aus Montpeyroux. Nach einem gemeinsamen Essen, bei dem sie, wie ich meinte beobachtet zu haben, dem Rebensaft reichlich zusprach, hörte ich sie mit anschlagender Zunge verkünden:
    - *Je ne bois pas d'alcohol.* Ich trinke keinen Alkohol.

In den letzten Jahrzehnten hat sich der Verzehr gemäßigt. Säuglinge werden nicht mehr mit ein paar Tropfen Rotwein im

Fläschchen ruhiggestellt und kaum noch jemand bringt es auf mehrere Liter pro Tag. Jeden Tag. Heute zählt mehr die Qualität als die Quantität.

Bis vor die Jahrtausendwende hingegen setzte man im Languedoc vor allem auf das größte Kapital der Gegend: die Sonne. Die Weine erreichten 14 Prozent und mehr, hinkten aber denen aus dem Burgund und aus Bordeaux in Finesse und Qualität weit hinterher. Heute findet man die billige *Piquette* vor allem in nordeuropäischen Supermärkten. In den Anbaugebieten des Südens sind die Gaumen anspruchsvoller geworden.

Langsam geht man dazu über, auf kleinen Parzellen anzubauen und noch langsamer, es auf eine umweltbewusste Art zu tun. Immer mehr Winzer achten darauf, weniger chemische Suppen als natürlichen Rebensaft anzubieten. Hier gibt es keine uniformen Weinfelder so weit das Auge reicht wie in den industriellen Weinanbaugebieten Kaliforniens, Südafrikas oder Australiens, die vom Helikopter aus betreut werden und am Ende alle gleich schmecken, so, wie es gerade in Mode ist.

Würzige Kräuter-Parmesan-Carrés à la François

200 g Mehl, 125 g Butter, 50 g Parmesan und eine Prise Salz miteinander vermischen, ein Ei hinzugeben.
Ein paar Stunden im Kühlschrank ruhen lassen.
In mehrere Teile teilen und nach Gusto würzen
(Anis, Thymian, Kreuzkümmel ...).
Ausrollen, in kleine Vierecke schneiden.
Auf ein mit Backpapier ausgelegtes Blech legen und etwa 10 Minuten bei 180 Grad im Ofen garen.

Doch auch der Wein des Languedoc wird heute nicht mehr von Spaniern, Portugiesen und Studenten aus aller Welt geerntet, sondern hauptsächlich von Maschinen. Vorbei das mühsame Abarbeiten der Weinreihen in der gleißenden Sonne, die Kiepe auf dem Rücken und das Hemd am Körper klebend, vorbei die gemeinsamen Brotzeiten, das Weinstampfen mit den Füssen und die ausgelassenen Feste nach getaner Arbeit. Die Weinlese ist zu einer ernsten Angelegenheit geworden.

In Puilacher kommt die Ernte aus dem gesamten Kanton zusammen. 850 Winzer liefern hier die Früchte ihrer Arbeit ab. Die Kooperative *Clochers et Terroirs* kann man nicht übersehen, wenn man an dem Dorf vorbeifährt und nicht überriechen, wenn man drin wohnt. An manchen Herbsttagen ist es schwer sich vorzustellen, wie ein so köstliches Getränk bei der Herstellung so unappetitliche Gerüche von sich geben kann.
Um Nasen, Augen und Gaumen von der Qualität der hier hergestellten Weine zu überzeugen und um die eine oder andere Unannehmlichkeit wieder gutzumachen, kam man in der Kooperative auf die Idee, ein Fest zu organisieren. Die gesamte Dorfbevölkerung wurde zum Mittagessen eingeladen und ein ganzes Wochenende lang gab es auf dem Gelände Besichtigungen, Verköstigungen, Konzerte, Ateliers und Ausstellungen. International bekannte Sprayer reisten an und begannen, die gigantischen runden Metallfässer mit ihren klangvollen Inhalten zu gestalten: Carignan, Mourvèdre, Sauvigon, Merlot, Chardonnay, Viognier, Syrah, Muscat, Grenache...

Das Angebot ist unerschöpflich. Um es ausführlich zu studieren, gibt es in Aniane einen jährlich stattfindenden *Salon du Vin*. Ende Juli stellen gut vierzig Winzer aus der nächsten Umgebung ihre Kreationen vor. Am Eingang des Gemeindesaals ersteht der Weinliebhaber, der vorher daran gedacht hat, seinen Magen mit etwas Soliden zu füllen, ein Glas, mit dem er sich von Aussteller zu Aussteller probiert. Obwohl die *Domaines* alle in einem Umkreis von kaum zwanzig Kilometern liegen, sind die Geschmäcker und Aromen grundsätzlich verschieden und variieren je nach Boden, Anbaumethode, Rebsorten und dem alchimistischen Prozess, in dem man sie zusammenwirken lässt.

Bis vor ein paar Jahren konnte man zu diesem Anlass dem unübersehbaren Gérard Depardieu begegnen. Die Vermarktung seines *Bien décidé* wurde jedoch zum Flop. Er kam in keiner Weise dem gleich, was etwa vom *Mas de Daumas Gassac* produziert wird, einer der Stars in dem Film *Mondovino*. Denn der Wein ist ein Geschäft, das mit Zähnen und Klauen ausgefochten wird. Immer wieder versuchen internationale Spekulanten, an die besten Anbaugebiete zu kommen und setzen damit nicht nur einzelne Winzer, sondern ganze Gemeinden unter Druck. Als es Aniane gelang, sich dem zu widersetzen, wurde das Dorf von den einen als hinterwäldlerisch beschmunzelt und von den anderen gefeiert, als hätte Asterix sich erneut gegen die Übermacht der Römer durchgesetzt.

Petersiliencreme

*1 Bund glatte Petersilie
mit 1 Dose Anchovis, getrockneten Tomaten,
geriebenen Mandeln, geriebenem Parmesan
und Olivenöl mit dem Stabmixer
zu einer streichbaren Paste verarbeiten.*

So erbittert sich im Weingeschäft die Fronten gegenüberstehen mögen, beim Trinken kommen alle wieder zusammen. Wein wird in Gesellschaft genossen. Selten trinkt man ihn allein. Immer begleitet er ein Essen. Ist man irgendwo eingeladen, gehört es zum guten Ton, einen guten Tropfen mitzubringen, der meistens noch am selben Abend verköstigt wird. Schließlich will man ja wissen, wie das Mitgebrachte mundet. Die kredenzte Flasche mit den Worten „den probieren wir zu einem besonderen Anlass" in den eigenen Weinkeller zu stellen, kann daher Befremden hervorrufen.

Seit wir in Puilacher wohnen, ist unser Weinrepertoire um einige Tropfen reicher geworden. In unserem Keller stehen Weine mit seltsamen Namen wie *Bouboulès, Piffé* und *Cisso*, die mich ohne die Empfehlung von Guy eher davon abgehalten hätten, sie zu kaufen. Es sind die vollmundigen Kreationen eines jungen Holländers, die wir von Haus zu Haus tragen, und für die regelmäßig für Nachschub gesorgt wird.
Doch nicht nur die Bestellung geschätzter Weine wird unter Nachbarn geteilt. Zwei Mal pro Jahr übernimmt es Michèle von gegenüber, unseren Champagnervorrat auf Niveau zu halten. Er wird palettenweise angeliefert und garantiert, dass auch Unvorhergesehenes jederzeit gefeiert werden kann.
Das geschieht häufig. Besonders oft sind wir bei Marie-Odile, wenn sie nicht in Jamaika ist. Ihr Haus ist das Schönste von allen. Man sieht es schon von Weitem, denn es ist auch das Größte. Der Turm in der Mitte ist höher als der Kirchturm und die Burg. Auf der Längsseite des Gebäudes stützen imposante steinerne Säulen das Dach einer glyzinienüberwachsenen Veranda und im Inneren führt eine prunkvolle, geschwungene Marmortreppe in die oberen Stockwerke. An dem massiven, aufwändig gedrechselten Holztisch im Esszimmer haben bequem sechzehn Gäste Platz.

Wenn ich nach einem Abend bei Marie-Odile nach Hause komme, scheint es mir, als würde sich wie im Märchen vom Aschenbrödel die herrliche Karosse in einen Kürbis verwandeln. Unserem Haus sind keine Säulen vorgelagert, sondern Balkone, aus denen Teile herausgebrochen sind, die eigentlich dringend repariert werden müssten. Das Loch im Küchenbalkon war schon da, als wir das Haus gekauft haben. Wir sind immerhin so weit gekommen, einen befreundeten

Steinmetz Mass nehmen - und es dann dabei bewenden zu lassen. Das Loch im Schlafzimmerbalkon entstand, als wir schon hier wohnten. Seltsamerweise hat es exakt dieselben Konturen wie das erste. Eines Morgens hatte sich ein Stück einfach so gelöst und ist wie durch ein Wunder nicht auf unser darunter parkendes Auto gefallen. Da Lolo sagt, dass er für solche Arbeiten nicht in Frage kommt, habe ich vorübergehend Blumenkästen auf die Misere gestellt.

Das Innere unseres Hauses erreicht man nicht wie bei Marie-Odile über Marmor, sondern über eine Steintreppe, deren widerspenstigen ockergrünen Lack ich mühsam in wochenlanger Arbeit abgekratzt habe. Dabei brachte ich versehentlich Claude in Lebensgefahr, der, während ich auf Knien die Stufen bearbeitete, in Badelatschen auf dem Lösungsmittel ausrutschte, als er sich noch ein Bier für die Fußballübertragung holen wollte.
In unserem Haus ist nichts perfekt. Doch wir haben ein Schmuckstück, das keiner übersieht: einen alten Tuchhändlertresen aus Massivholz. Mit viel Angst- und Anstrengungsschweiß wurde das fast vier Meter lange, kompakte Ungetüm durch die Balkontür im ersten Stock geschoben, da es anders nicht ins Haus gekommen wäre. Drei kräftige Männer brauchte es, um das Prachtstück auf das Dach von Lolos Lieferwagen zu hieven und von dort aus in die Küche. Hier genießt er als einziges unserer Möbelstücke das Privileg, regelmäßig von Claude gewienert zu werden.

Ich sorge dafür, dass es genug zum Draufstellen gibt. Fündig werde ich auf den Töpfermärkten. Der von mir begehrteste, die *Braderie des potiers* - eine Art Flohmarkt für Keramik - findet am 1. Mai in einem der Dörfer des Kantons statt. Schalen, Bols, Teller, Tassen, Becher, Vasen, Kannen, Krüge, Backformen, Marmeladentrichter, Weinkühler, Käseglocken,

Cherryls Tiere – in buntem Durcheinander stehen die Schätze auf langen Tapeziertischen und in Kartons darunter. Mit Taschen, Kisten und Körben ausgestattet zieht der avertierte Kunde durch das Labyrinth der voll beladenen Tapeziertische, nimmt, stellt weg, nimmt wieder, bis er in der Schlange vor der Kasse ankommt, wo das Ganze auseinandersortiert, verpackt und bezahlt wird.

Odiles pikante Korallenlinsensuppe

*Korallenlinsen, frischen Ingwer und Kurkuma und
1 Schalotte etwa 15 Minuten lang in Wasser kochen.
Mit dem Stabmixer pürieren.
Eine Dose Kokosmilch hinzugeben
und mit Ras el-Hanout, Salz und Cayennefeffer würzen.*

Zwischen März und Oktober vergeht keine Woche ohne einen Kunsthandwerkermarkt, ein Festival, eine Ausstellung, ein Konzert, eine Aufführung oder sonst ein Ereignis, bei dem es etwas zu entdecken gibt. Dazu muss man nicht einmal in die nächste Stadt fahren. Viele Dörfer haben ein derartiges Eigenleben entwickelt, dass man sich ein ganzes Jahr lang im Hinterland beschäftigen kann, ohne die Stadt zu vermissen.

Zu Anfang des Sommers werden die Nächte lang und bunt. Bei den *Nuits Couleurs* gibt es drei Wochen lang in verschiedenen Dörfern Gratiskonzerte. Das Repertoire zieht sich durch alle Register. Highlight ist der große Bluesabend bei Rick, einem holländischen Biobauern. Auf der frisch gemähten Wiese bringt er in jedem Jahr internationale Größen auf die Bühne. Ich zehre heute noch davon, einmal Luke Winslow King die Hand geschüttelt zu haben.

An einem Markttag in Clermont l'Hérault - wir fragen uns gerade, ob vor dem *Crédit Agricole* schon immer eine

Caféterrasse gewesen ist - begegnen wir Olivier. Mit mehreren Gesten gleichzeitig versucht er, sich uns verständlich zu machen: mit einem Arm winkt er uns heran, mit dem anderen legt er einen Finger auf dem Mund, und zeigt dann auf Annie, die an einem der Tische vor einem Glas Orangensaft sitzt.
- Sagt nichts und kommt mit!

Mit Verschwörermiene erklärt er uns, dass es sich hier um ein Theaterstück handelt: Die Zuschauer, die wie normale Cafégäste aussehen, sind diskret mit Kopfhörern ausgestattet und warten darauf, dass etwas beginnt. Wir setzen uns dazu und warten mit. Bald werden wir Zeugen eines Gesprächs zwischen einer Frau und einem Mann, die sich über die Liebe unterhalten. Sehen können wir die beiden zunächst nicht. Sie sitzen auf irgendeiner der „richtigen" Terrassen. Nach und nach entspinnt sich eine bunte Geschichte, in die alle umliegenden Orte – die Restaurants, die Post, die Bank, die Straße - mit einbezogen werden, und immer wieder auch ahnungslose Passanten, von denen auch die Zuschauer nicht wissen, ob sie zufällig vorbeikommen oder Schauspieler sind. Subtil werden die Fäden von Realität und Spiel miteinander verwoben und lösen sich erst dann wieder, als alles ein gutes Ende nimmt.

Gemeinsam gestalten

Gratin Dauphinois à la Stéphane

Mehlig kochende Kartoffeln Typ Bintje oder Mona Lisa schälen, kochen. Nicht abspülen und in feine Scheiben schneiden. In eine flache Auflaufform legen, mit Salz, Pfeffer und geriebener Muskatnuss würzen. 1 Liter flüssige Crème fraîche oder Sahne darüber gießen. Bei schwacher Hitze (etwa 100 Grad) 3 Stunden garen.

Zu Silvester steht in Puilacher etwas Besonderes an. Wir gehen auf Tournee! Jean-Claude nimmt die Planung in die Hand. Früher hat er Golfplätze gemanagt. Heute bringt er seine Nachbarn dazu, sich ab Ende des Sommers damit zu beschäftigen, was sie am 31. Dezember essen wollen. Etwa drei Mal trifft sich der „harte Kern", der aus mindestens zwölf Leuten besteht, um das bevorstehende Ereignis zu organisieren. Fest steht: Wir werden durch mehrere Häuser im Dorf ziehen. Doch es geht darum zu klären, wo wir anfangen, wo und was wir essen und wo und wie der Abend ausklingen wird.

Das will wohl überlegt und vorher getestet werden. Schnell läuft die Diskussion aus dem Ruder. Alle reden durcheinander. Mancher verschafft sich mit einer kräftigen Stimme Gehör und mancher spricht einfach so lange unbeirrt weiter, bis ihm zugehört wird. Wenn es zu bunt wird, kommt meistens jemand auf die Idee, das Zauberwort zu rufen:
- *Hibou!*

Das hat sich ergeben, als an einem Abend bei Michèle und Jean-Michel gegenüber wieder einmal keiner dem anderen zuhörte und jemand den erstbesten Gegenstand nahm, der auf dem Tisch zwischen den Gläsern herumstand: eine Eule. Er nahm sie wie eine Trophäe in die Hand, hielt sie hoch und signalisierte damit, dass jetzt er an der Reihe war.

Angefangen wird in der Regel bei uns. Es gibt in jedem Jahr Austern, *foie gras* und Lachs und Garnelen für die, die keine Austern essen. Danach wird gelost. Denn keiner, nicht einmal Marie-Odile, kann über dreißig Personen an einem Tisch unterbringen. Zum Essen werden wir auf zwei oder drei Häuser verteilt.
Blanca und Peter aus Belgien bieten großzügig ihr Haus an. Doch mancher hofft, nicht dorthin gelost zu werden, weil der Weg, der von ihrem Haus wegführt, so steil ist, dass er seinem Namen alle Ehre macht: *chemin du pas rompu*. Der Weg des zerbrochenen Schrittes. Seit Guy dort einmal böse ausgerutscht ist, fühlen sich nur wenige motiviert, sich kurz vor Beginn des neuen Jahres Jahres dieser Herausforderung auszusetzen. Doch wie dem auch sei und wo immer wir essen: Kurz vor Mitternacht treffen sich alle wieder, gern bei Uschi und Pit, weil die den meisten Platz haben.

In dieser Nacht knallen edle Korken, wo es schon kein Feuerwerk gibt. Das ist in Frankreich nur am 14. Juli und am 15. August üblich, zur Erinnerung an den Sturm auf die Bastille und die Himmelfahrt von Maria, oder zu ausgesuchten Anlässen wie etwa dem Geburtstag des Schutzpatrons eines Dorfes. In jedem Fall gehören hier Feuerwerkskörper nur in professionelle Hände. Das hinderte jedoch einen jungen Pyrotechniker in Canet vor ein paar Jahren nicht daran, am Nationalfeiertag ein ganzes Dorf in Angst und Schrecken zu versetzen, weil seine Raketen in die falsche Richtung losgegangen sind.

Nach Mitternacht gibt es Livemusik und Tanz. Denn in Puilacher leben gleich mehrere illustre Musiker: Jean-Michel spielt Klavier und Jean-Claude und der Claude von Michèle Schlagzeug. Seit den siebziger Jahren tourt Claude mit der Band von Pierre Péret unermüdlich überall dort, wo man Französisch versteht. Jean-Claude gehört zu einer Band, die unsterbliche Bühnenstars wie Eddi Mitchell, Nougaro und Johnny Halliday interpretiert.

Am Tag vor Silvester wird geprobt und die Festteilnehmer werden dazu ermutigt, Sondereinlagen zu bringen. Wer nicht singen will, kann etwas anderes vorführen. Was nicht unbedingt einfacher ist. In einem Jahr faszinierte Colette ihr Publikum damit, dass sie minutenlang vergeblich versuchte, ihren Hula-Hoop-Reifen auf Hüfthöhe zu bekommen. Jutta und ich hatten uns dafür entschieden, *Lili Marleen* und *Help!* zu singen. Gehüllt in meine lila Federboa und eine extra für diesen Anlass von Claude geschmiedete silberne Zigarettenspitze in der Hand, kündigte Madame Uschi die Performance ihrer Landsmänninnen an.

Geräucherter Hering in Porreecreme

Porreestangen waschen, in Stücke schneiden und dampfgaren. Mit griechischem Joghurt, Salz, Pfeffer, Fenchelsamen und geriebener Orangenschale mit Hilfe eines Stabmixers zu einer Creme verrühren. Geräucherten Hering in Stücke schneiden und unterrühren.

Am nächsten Tag werden die Reste gegessen. In jedem Jahr wird schon beim Einkauf darauf geachtet, dass es auch welche gibt. Eine Woche später kommen alle zur *Galette des rois* zusammen: ein anlässlich des Dreikönigsfestes gefertigter Blätterteigkuchen mit Marzipan und einer versteckten Tonfigur darin, der *fève*. Traditionell muss dafür ein Kind unter den Tisch und ansagen, welcher der Anwesenden welchen Kuchenteil bekommt. Derjenige, der die *fève* erwischt,

bekommt, wenn er Glück hat, kein Zahnproblem und eine Pappkrone auf den Kopf gesetzt und muss sich seinen König oder seine Königin aussuchen. Dazu gibt es Cidre.
Das junge Jahr wird besprochen. Es steht etwas Besonderes an: Jean-Claudes Band feiert ihr 50-jähriges Jubiläum! Schon Monate vorher hängen die Einladungen mit den exakten Anweisungen an unseren Pinnwänden. An einem Märzwochenende brechen mehrere Autos in Richtung Romans-sur-Isère auf. Irgendwo inmitten grüner Felder und Wiesen befindet sich der legendäre Konzertsaal, wo in den 70er Jahren nationale Größen wie Mike Brant und Claude François aufgetreten sind.
Aus allen Teilen des Hexagons reisen die Fans an. Fast vollzählig betritt die Band die Bühne, ein paar Kilos mehr auf den Hüften und ein paar Haare weniger auf dem Kopf, doch ohne eine Spur von Müdigkeit. Und auch das Publikum hat sich seine Jugend bewahrt: Kaum werden die ersten Töne angeschlagen, ist die Tanzfläche brechend voll.

Annes Tomaten-Mandel-Dip

100 gr Mandelpulver, 50 gr Haselnusspulver, 1 kg gepellte und pürierte Tomaten, großzügig Knoblauch, frische Minze, Olivenöl, etwas Essig, scharfe Paprika, Salz und Pfeffer zu einem Dip vermischen.

Im April sehen wir uns zu den gegrillten Frühlingszwiebeln im *Mas* von Guy und Colette. Einsam steht das einfache, rustikale Steinhaus ohne Strom- und Wasseranschluss am Rande einer Olivenplantage. Seitdem es mehrmals von diebischer Hand ausgeräumt wurde (Zazou hat damit nichts zu tun!), einmal sogar samt Dachpfannen, hat man sich bei der Einrichtung auf das Nützliche beschränkt. Inzwischen wird das *Mas* von Séraphin und Justine bewacht, einem rüstigen Eselspaar, das hier sein Gnadenbrot bekommt. Vor allem Séraphin ist noch

sehr unternehmungslustig. Ihm gelingt es regelmäßig, Justine und dem weitläufigen heimischen Gehege den Rücken zu kehren und den Eselinnen der ein paar Kilometer entfernten *Ferme du Dolmen* seine Aufwartung zu machen.
Die Frühlingszwiebeln werden von Xavier und Anne aus Barcelona mitgebracht. Xavier ist Portraitmaler und Anne kümmert sich um ihr Haus auf Menorca und ihr Enkelkind in New York. Sie kommt mit einem köstlichen Dip aus Tomaten, Mandeln und Haselnüssen. Die jungen Zwiebeln werden in Zeitungspapier gewickelt und in Holzglut gegart. Dann werden sie wieder ausgepackt und, nachdem das Verbrannte abgestreift wurde, in den Dip getunkt. Wir sind im Handumdrehen schwarz und fettig und froh, dass das Ganze draußen stattfindet.

Guy hat ein Händchen fürs Organisieren, doch im Gegensatz zu Jean-Claude gibt es bei ihm keinen Vorlauf.
- Morgen früh zum Frühstück im *Mas*.

Es gibt ein gutes Dutzend selbstgemachter Marmeladen – Feige-Walnuss, Pflaume-Cognac, Birne-Mandel – Brioche, Kaffee und Tee. Oder
- Freitag Abend am Kai in Sète. Schlafsäcke mitbringen.

Eine Überraschung. Keiner weiß Bescheid, als wir zu einem alten Fischkutter in einem der Kanäle geführt werden. An Deck warten gekühlter Weißwein, Austern, jede Menge Seemannsgarn und eine Nacht an Bord.

Lammschulter à la Claude

*Lammschulter in einem Bräter in Olivenöl anbraten.
Währenddessen einen Kopf Rotkohl und Äpfel
in schmale Scheiben schneiden.
Das goldbraun angebratene Fleisch aus dem Topf nehmen
und die Rotkohl-Apfel-Mischung hinein,
dazu Salz, Pfeffer, Wacholderbeeren,
Kräuter der Provence, Knoblauch und Muskatnuss.
Mit etwas Weißwein und/oder Wasser aufgießen.
Die Lammschulter darauflegen
und für mindestens 4 Stunden bei etwa 160 Grad im Ofen garen.*

Ende Juni nimmt Rachid die Weihnachtsbeleuchtung mit der Aufschrift *Bonnes fête*, bei der das zweite s fehlt, ab, und tauscht sie für das große Sommerfest durch bunte Glühbirnen aus. Da die marokkanischen Familien sich um das Essen kümmern, wird das Datum an das Ende des Ramadan angepasst. Organisiert wird das Fest vom *Comité des Jeunes*, von denen die wenigsten wirklich jung sind.

Tische und Stühle für dreihundert Personen werden auf den Platz vor unserem Haus getragen und so gestellt, dass noch eine schmale Spur für die durchfahrenden Autos bleibt. Vor dem Brunnen wird eine Bar aufgebaut und vor Yvettes Garage eine mobile Diskothek. Unsere Garage ist das Zwischenlager für alles, was für das Fest gebraucht wird: Essens- und Getränkevorräte und die Preise für das Boules-Turnier und die Tombola: silberne Plastikpokale und Werbegeschenke in Form von Mützen, T-Shirts und Kugelschreibern.

Schon am Morgen kümmern sich Rachid und seine Brüder um das *Mechoui*, das Schaf am Spieß. Mehrere Exemplare werden in Marie-Odiles Hof viele Stunden lang über der offenen Glut gegart. Früher gab es immer in einem Jahr Schaf und im nächsten Paella, aber das *Mechoui* ist so gut, dass alle immer wieder danach verlangen. Sein guter Ruf hallt weit über das Dorfschild hinaus.

Gleich nach dem Mittagessen finden sich die Teams für das Boules-Turnier zusammen. Gespielt wird auf dem eigens dafür eingerichteten Platz am Eingang des Dorfes, vor der *Mairie*, im Hof von Uschi und Pit und in der Einfahrt zu Marie-Odiles Haus. Damit es möglichst gerecht zugeht und keiner den Nachteil eines zu unebenen Terrains hat, ziehen die Mannschaften von einem Platz zum anderen.

Unter der gleißenden Sommersonne, begleitet vom sägenden Gesang der Zikaden, geben die Teilnehmer aus allen Altersgruppen ihr Bestes. Die Teams bestehen aus zwei oder drei Personen. Der Profi kommt mit einem Tuch, mit dem er seine Kugeln vor jedem Wurf von möglichen Staubkörnchen befreit, die ihre Bahn vom Ziel ablenken könnten. Je nach Sportsgeist geht er mehr oder weniger tief in die Knie und wirft, rollt oder kullert seine Kugel mit dem Handrücken nach oben in Richtung *Cochonnet*. Ziel ist, so nah wie möglich an die kleine bunte Holzkugel heranzukommen.

Die Schwierigkeit ist, dass da auch alle anderen Kugeln liegen und den Weg versperren. Deshalb sollte in jeder Mannschaft einer sein, der gut ist im Zielen auf die Holzkugel und einer, der gut die Kugeln der Gegner wegsprengen kann. Der Clou ist, wenn er das so tut, dass seine Kugel genau an der Stelle der gegnerischen Kugel liegen bleibt.

Die größte sportliche Leistung besteht darin, sich zu bücken und aus den Knien wieder hochzukommen. Altersgeplagte oder besonders gemütliche Spieler benutzen daher als Utensil eine Schnur, an deren unteren Ende sich ein Magnet befindet, mit dem die Kugeln mit einem eleganten Schwung nach dem Spiel wieder aufgesammelt werden. Für ganz Gemütliche veranstalten manche Dörfer Boules-Turniere im Sitzen.

Doch ob im Stehen, im Sitzen oder im Liegen: für mich ist das nichts. Ich habe schon Mühe, meine Kugel von den Kugeln der anderen zu unterscheiden, da alle die gleiche Farbe haben: silber, oder silbrig-verrostet. Ich kann mir nie merken, wann ich dran bin und nach spätestens einer halben Stunde fange ich an, mich zu langweilen.

Astrids Salat aus Honigmelone und Feta

Honigmelone und Feta-Käse in mundgerechte Stücke schneiden, frische Minzblätter kleinschneiden und dazugeben.
Mit Olivenöl beträufeln.
Schmeckt auch gut mit Wassermelone.

Während gegen Abend die letzten Spieler um die ersten Plätze kämpfen, strömen die ersten frisch geduschten und frisierten Festteilnehmer auf den Platz und erfrischen sich mit eisgekühlter Sangria. Die süffig-klebrige Mischung wird aus großen Wannen ausgeschenkt, die die ortsansässigen Winzer zur Verfügung stellen. Während man an seinem Becher nippt und versucht, sich die Obststücke möglichst elegant in den Mund zu schieben, hält man nach denen Ausschau, mit denen man zum Essen an einem Tisch sitzen will.

Geschirr und Besteck bringt jeder selbst mit. Als Vorspeise servieren die Helfer des *Comité des Jeunes* eine halbe Honigmelone. Für das *Mechoui* wird tischweise aufgerufen. Seit es in den Vorjahren immer wieder vorgekommen war, dass sich die ersten Tische schon die zweite Portion holten, während die letzten noch gar nichts hatten, und in einem Jahr sogar das *Couscous* ausgegangen war, bevor alle davon bekommen hatten, wird strenger organisiert. Jeder Tisch hat eine Nummer und jeder Esser einen Bon. In disziplinierten Schlangen steht man zur Essensausgabe neben dem Brunnen an. Nach dem Schaf gibt es in jedem Jahr denselben Käse, einen unreifen *Coulommier*, und immer dasselbe Dessert, mit Schokolade oder mit Kaffee gefüllte Eclairs.

Dazwischen finden die Siegerehrungen statt. Für den ersten Preis denkt man sich in jedem Jahr etwas Besonders aus: ein Flachbildschirmfernseher, ein Mountainbike, ein ganzer *Salon de Jardin*, eine Gartensitzecke aus geflochtenem Plastik. Als wir sie gewinnen, geben wir sie umgehend an einen von Yvettes Söhnen weiter.
Schon während des Essens wird die Musik lauter gestellt und beim Dessert kann man sich meistens nur noch schreiend mit seinem Sitznachbarn unterhalten. Das passiert, wenn die Organisatoren sich nicht rechtzeitig um einen DJ gekümmert haben und mit dem vorlieb nehmen müssen, was kurzfristig zur Verfügung steht: sehr junge Männer mit einer gewaltigen Ausrüstung und mit Vorliebe für laute, hämmernde Rhythmen, die Fußballstadien füllen. Sie merken nicht, dass viele der älteren Festteilnehmer bereits vor dem Dessert den Platz mit Kopfschmerzen und Herzrasen verlassen. Gnadenlos wird das geplante Repertoire durchgespielt: Ein *Pasodoble* und ein *Valse Musette* für die über 20-Jährigen und der Rest für die kleinen Mädchen, die versuchen, in Lichtgeflacker und künstlichem Rauch die Schritte und Posen der aktuellen Stars zu imitieren.

Das läuft anders, wenn rechtzeitig der Postbote aus Tressan gebucht wurde. Wenn er die Musik auflegt, haben viele was davon. Vor allem ich. Der Platz vorm Haus wird mein Saturday Night Fever. Der raue Asphalt unter meinen Füssen verwandelt sich in eine glatte Tanzfläche. Nichts ist mir peinlich, kein Johnny und keine Polonäse. Während die laue Sommerbrise kaum mein Gesicht kühlt, gebe ich mich meiner Passion hin: Tanzen.

Irgendwann spät in der Nacht schleppe ich mich nach oben, werfe vom Schlafzimmerbalkon aus noch einen letzten Blick auf den Rest des bunten Treibens und gehe dann auf der Rückseite des Hauses im Gästezimmer schlafen.

Wenn ich am nächsten Morgen wieder aus dem Fenster gucke, ist der Platz meistens schon halb aufgeräumt. Rachid und die Älteren des *Comité des Jeunes* haben, während die Jüngeren noch ausschlafen, bereits alle Stühle und Tische zusammengeräumt. Ordentlich sortiert stehen sie auf dem Anhänger hinter dem kleinen roten Gemeindetrecker.

Miesmuscheln à la Claude

Muscheln säubern, in einen großen Topf geben
und bei starker Flamme erhitzen.
Umrühren, bis die Muscheln sich öffnen, vom Feuer nehmen.
Ein Glas von dem Sud aufbewahren.
In einem Topf Olivenöl, Knoblauch, ein Stückchen frischen
Ingwer und eine fein gehackte Schalotte geben,
dazu zwei in kleine Stücke geschnittene, entkernte und
abgetropfte Tomaten, etwas Tomatenmark,
den Muschelsud, etwas Weißwein,
Kräuter der Provence, Fenchelsamen, Pfeffer,
Piment und etwas Honig.
Die Mischung zur Hälfte einkochen lassen.
Zum Schluss etwas Safran hinzugeben.
Die Muscheln entschalen
und vorsichtig mit der Masse vermischen.
Mit frischem gehackten Koriander überstreuen.

Auch in unserem Haus gibt es in jedem Sommer ein Fest. Das erste war unsere Hochzeit. Eigentlich sollte es nur eine ganz kleine Feier werden. Doch in der *Mairie* von Puilacher wird nicht sehr oft geheiratet und so sollten alle etwas von dem Ereignis haben. Während uns im Gemeindesaal der Schweiß den Rücken herunter lief, machte uns die stellvertretende Bürgermeisterin zu Mann und Frau.

Der Hochzeitszug hatte es nur ein paar Meter bis zu unserem Haus und verteilte sich dann in Garten, Garage und auf dem Platz davor. Jemand holte Tisch und Stühle von Christianes Terrasse, Lolo grillte, in der Garage wurde getanzt und François, einer von Claudes Brüdern, spielte im Garten Gitarre. Ein paar Jahre später sollte er hier sein erstes Solo-Konzert geben. Denn unser Garten verfügt über etwas, was sich im Handumdrehen in eine Bühne verwandeln lässt: eine Terrasse, unter der früher der Wein gelagert wurde, mit einem Dach darüber.
Bisher wurde sie von den zu Besuch kommenden Kindern für die Aufführung von Ritterburlesken und japanischen Tänzen genutzt. Mit François kündigte sich ein professionelles Konzert an. Auf diese Idee wäre er nie alleine gekommen. Es war ein Silvesterabend, an dem sämtliche Sänger von Jean-Claudes Band ihre Stimme verloren hatten, der ihm dazu verhalf.

Bei diesem Silvester hatte es ausnahmsweise keine Tournee gegeben. Henri hatte den Schlossherrn dazu überredet, uns den großen Saal zu überlassen.
- Yves kann mir keinen Wunsch abschlagen.
Über die genaueren Hintergründe schwieg er. Doch einem geschenkten Gaul schaut man nicht ins Maul und so versuchten wir, die alten Gemäuer einigermaßen gemütlich zu gestalten.
Schon gegen Nachmittag wurde gemunkelt, Daniel habe seine Stimme verloren. Und Sylvie, seine Frau und Backgroundsängerin auch. Ohne Stimmen keine Stimmung! So wurde François dazu überredet, sich ans Mikrofon zu stellen. Das Publikum war nicht nur nachsichtig, sondern begeistert. Es wurde klar: Dieser Mann muss ein eigenes Konzert bekommen!

Im darauffolgenden Sommer war es so weit: François stand bei uns im Garten vor sechzig ihm zugewandten Zuhörern. Nur für einen kurzen Moment lang wurde ihm die Aufmerksamkeit entzogen: Die Katzen hatten eine Ratte erschreckt, die über das Astwerk der Passiflora oberhalb der Bühne floh. Nach einem kurzen erstickten Raunen wandten sich die Blicke wieder François zu, der als einziger die Szene im Rücken hatte.

Marinierter Lachs

Frischen Lachs in dünne, mundgerechte Lamellen schneiden.
Saft von grüner Zitrone darüber träufeln,
ohne ihn zu „ertränken".
Geriebene Zitronenschale, kleingehackten frischen Ingwer,
Dill und Olivenöl hinzugeben. Salzen und pfeffern.
Vorsichtig mit dem Lachs verrühren
Kalt stellen und mindestens 1 Stunde marinieren lassen.

Die Feste, die wir zusammen feiern, sind immer auch eine Gelegenheit, seine Kochkünste an die Leute zu bringen. Die Veranstalter sorgen für das Hauptgericht und die Getränke, Vor- und Nachspeisen bringen die Gäste mit. Henri kommt mit etwas, das wie ein riesiger Sahnekuchen aussieht. Es sei, so erklärt er uns, eine schwedische Spezialität. In seiner Wahlheimat würde man den Kuchen mit Krabben, Lachs, Radieschen, Avocados, Weißbrot und Mayonnaise zu besonderen Feierlichkeiten anbieten.

Tatsächlich wissen wir wenig über dieses schmale Land da oben, dessen Einwohner ihre Sommer bei uns verbringen und die wir stets ein bisschen bedauern, wenn sie wieder in den Norden ziehen. Für mich sind sie wie Brüder, vor allem Ulf. Er ist am selben Tag wie ich geboren. Kein Sommer vergeht ohne die Schweden. Mehr noch: Ohne die Schweden kann es nicht richtig Sommer werden. Ulf kommt mit seiner Familie, mit

seinen Freunden, mit seinen wechselnden Freundinnen und schließlich mit Dominique, einer eleganten *Martiniquaise*, die mit ihren Kindern in Paris lebt. Auch wir verlieben uns sofort in sie. Die beiden werden unsere Trauzeugen. Einen Sommer später lernen wir Schweden kennen: Wir stehen bei ihrer Trauung zwischen zwei Birken auf einem Felsen an der Ostsee. Seitdem bedauern wir unsere schwedischen Freunde nicht mehr, wenn sie in den Norden zurückziehen.
Doch Dominique und Ulf bedauern sich gegenseitig beim Pendeln zwischen Stockholm und Paris. In einem Sommer verbringen sie ihre Ferien in unserem Haus in Pézenas.

- *Très charmant, ce petit village*,

lobt Dominique. So kommen die beiden auf die Idee, hier ihr gemeinsames Familiendomizil aufzuschlagen. Seitdem sind wir in gewisser Weise Nachbarn. Wann immer sie kann, führt Dominique auf hohen Absätzen Pariser Chic über die Boulevards der Provinz. Auf dem Wochenmarkt überrede ich sie dazu, wenigstens bequeme Hausschuhe zu kaufen. Was ihrer Eleganz keinen Abbruch tut.

- Unverschämt. Wie kann man so gut aussehen?

raunt Gudrun mir zu, eine alte Schulfreundin, die Pézenas ebenso sehr liebt wie wir: die alte Stadt der Troubadoure, in der Molière seine Truppe gegründet hat. Auch wenn ihre Glanzzeiten vorbei sind, haben die Prachtbauten der Aristokraten und Kaufmänner ihren Prunk über die Jahrhunderte bewahrt. Besonders gerne bin ich in der dunklen Jahreszeit hier, wenn es in der aufziehenden Dämmerung nicht seltsam erschiene, Gestalten lange vergangener Zeiten vorbeihuschen zu sehen.

Tarte au citron

250 g Mehl in eine Schüssel sieben, 125 g Butter dazugeben und mit etwas Wasser zu einem homogenen Teig verarbeiten. Ausrollen und in eine gebutterte Tarteform legen. Für die Füllung Saft und Fruchtfleisch von 4 Zitronen mischen, 150 g Zucker und 4 ganze Eier unterrühren. 60 g geschmolzene Butter hinzufügen. Mischung auf den Teig gießen und im auf 180° vorgeheizten Ofen 40 min lang backen.

An den ersten Wochenenden im Mai und im Oktober ist in Pézenas die Durchfahrt unmöglich. Der gesamte *Boulevard* verwandelt sich in einen einzigen Bazar. Antiquitätenhändler und Trödler von überall breiten am Straßenrand ihre Schätze aus. Nach dem Bestaunen und Feilschen geht es zu *Ginger*.
Thomas und Magali haben Paris den Rücken gekehrt und ein Gartenrestaurant ins Leben gerufen. Magali kreiert anstatt Theaterkostüme *Pavlovas, Coco Lime Pies* und *Fondants au chocolat* und Thomas serviert, wenn er nicht vor der Filmkamera steht. Seit er in der Provinz lebt, kann er sich vor Aufträgen kaum retten.
Am Herd steht eine Zauberin. Was auch immer durch Sidos Hände geht: Es explodiert vor Frische und feinen Aromen. Beim Bezahlen fragt sie jedes Mal mit dem Lächeln einer Mutter, die zärtlich über ihre Sprösslinge wacht:
- Und, was hast du gegessen?

Egal wie die Antwort ausfällt, entgegnet sie jedes Mal zustimmend
- *Ah, celui-ci.* Gute Wahl.

Zitronenhühnchen in Kokoscreme

*Hähnchenbrust in mundgerechte Stücke schneiden.
Mit einer Marinade aus
gehacktem Ingwer, Schalotten, Knoblauch,
Orangenschale, Salz, Pfeffer,
Saft von frischgepresster Zitrone, Weißwein, Olivenöl bedecken.
Über Nacht im Kühlschrank durchziehen lassen.
Fleisch in einem Topf mit dickem Boden anbraten,
Marinade hinzugeben und langsam einkochen lassen.
Kokoscreme hinzugeben.*

Bei *Ginger* wird nicht nur gegessen, sondern auch getanzt. Wenn Thomas auflegt, bleibt kaum eine Hüfte unbewegt. Und wenn Olivier zu den Tänzern gehört, riskieren seine Partnerinnen, sich die Hüfte auszurenken. Immer wieder vergisst er, dass er früher Rugby gespielt hat.
Im Juli und August wird auch in Puilacher getanzt. Denn jeden Mittwochabend gibt es auf einer der *Domaines* Tapas und Livemusik. Die ganze Familie macht mit: Florinda steht an der Plancha, Julie trägt auf und Benoît serviert seinen Wein. Wenn darüber der heiße, flirrende Sommer zu Ende geht und man tagsüber wieder die Fensterläden geöffnet lassen kann, laufen Jean-Claude und Jutta zu Höchstformen auf und organisieren in ihrem Garten gleich drei Ereignisse.
Ende August kommt Napua, eine Sängerin aus New York. Wenn die Sonne untergegangen ist, stellt sie sich ans Keybord und singt mit ihrer sanften, tiefen Stimme zu Rhythmen aus Jazz und Musical. Im Oktober besorgt sich Jean-Claude einen Angelschein. Ein Wochenende lang fischt er nach Sprotten und kleinen Fischen, die akribisch gesäubert, in Mehl gewendet und frittiert werden. Auf der Einladung wird in jedem Jahr darauf hingewiesen, dass es, je nach Anglerglück, Fisch oder Pellkartoffeln gibt. Und im November findet das große Boules-Turnier statt. Bis zu zehn Mannschaften können sich aneinander messen.

Claude ist nicht nur als ernstzunehmender Mitspieler aktiv, sondern auch als Mitorganisator. Kurz vor dem großen Tag steht Jean-Claude bei uns in der Küche. Wir konnten ihn nicht dazu überreden, seine Schuhe anzubehalten. Als ich verkünde, dass man mich auch in diesem Jahr bei der Einteilung der Mannschaften nicht mitzählen möge, versucht er mich zu trösten:
- Jean-Michel muss man auch immer sagen, wann er dran ist. Und der ist ziemlich intelligent.

Nachdem er sich mit den *Boules* in Schwung geredet hat, lässt er seiner Begeisterung für den Golfsport freien Lauf. Mit Kaffeetassen und Gläsern baut er Handicaps nach, veranschaulicht diffizile Spielsituationen und springt zwischendurch immer wieder auf, um mit dem richtigen Swing seine Beschreibungen zu untermalen.

Am Boules-Sonntag bin ich beim Essen und bei der Siegerehrung mit dabei. Alle dreißig Spieler werden dafür belohnt, sich ich über Stunden wacker geschlagen zu haben. Die Gewinne sind unter einem Olivenbaum aufgebaut: Schirmmützen von Jean-Claudes Golfclub, Seifen von Michèle und Claude, Wein vom *Domaine de Puilacher*. In der Mitte prangt als symbolischer Hauptgewinn eine eigens für diesen Anlass von Claude gefertigte Boules-Kugel aus Kupfer.

Claires Früchtekuchen

*3 Tassen Mehl, 2 Tassen braunen Zucker,
ein Päckchen Backpulver, 4 Eier und
1 ½ Tassen Sonnenblumenöl miteinander vermischen.
Etwa 1 Kilo geriebene Karotten, Nüsse, Mandeln, Rosinen,
Sonnenblumenkerne und andere Körner
mit der Teigmischung verrühren.
In einer gebutterten Auflaufform
während etwa 40 Minuten bei 180° im Ofen garen.
Mit geschmolzener Schokolade übergießen.*

Das Boules-Spielen gehört zu Claudes Leben wie der Pastis zum Aperitif. Er trainiert mehrmals die Woche mit den Bewohnern der *Grande Maison* aus dem Nachbardorf. Das Haus macht seinem Namen alle Ehre, denn es ist wirklich ziemlich groß: Zweihundert Quadratmeter pro Etage. Davon gibt es drei: zwei zum Wohnen und eine für Ausstellungen, Konzerte, Partys, Workshops und alle möglichen Ereignisse, für die man Platz braucht.
Zusammen haben Claire und Pierre sieben Kinder. Pierre war früher Schäfer und erinnert mit seinem gewaltigen Schnurrbart an einen waschechten Gallier. Claire läuft über vor Ideen und Energie. Eine ihrer besten Ideen war es, mit Petra zusammen zwei Mal pro Jahr einen Kleidertausch zu organisieren: *Trocopine!* Petra kennt sich mit Kleidung aus: Sie war in Amsterdam Modescout, bevor sie Jean-Marie, einen Barbesitzer in Plaissan heiratete. Heute näht er aus Gobelins Taschen und sie macht bunten Schmuck aus dem, was sie auf Flohmärkten findet.

Für *Trocopine* verwandelt sich einen Sonntagnachmittag lang der große Raum im Erdgeschoss in ein Kleiderparadies. Bis zu vierzig Frauen breiten ihre Schätze aus. Schon während des Aufbauens schweift mein Blick zu dem, was um mich herum angeboten wird, und ich kann es kaum erwarten, mich auf Schatzsuche zu begeben. Es summt wie im Bienenstock. Nach Möglichkeit ist kein Geld in Umlauf. Oft wird über ein paar Ecken getauscht und vieles wird verschenkt. Kaum eine läuft in der Kleidung herum, in der sie gekommen ist. Viele Hüllen fallen und schnell wird klar, warum Männer bei diesem Ereignis unerwünscht sind.

Lebens-kunst

Rote Paprika mit Knoblauch

Reife Paprika längs in schmale Streifen schneiden, salzen, pfeffern, großzügig mit Olivenöl beträufeln und für etwa 1 Stunde bei mittlerer Hitze in den Ofen. Immer wieder umrühren. Wenn die Paprika anfangen, weich zu werden, schwarze Oliven und geriebenen Knoblauch hinzugeben.

Viele der Menschen, die in den Süden gezogen sind, haben etwas losgelassen: einen guten Job, materielle Sicherheiten, alte Gewohnheiten. Auch Blanca und Peter haben all das hinter sich gelassen, als sie sich in den Kopf gesetzt haben, von Gent nach Puilacher zu ziehen. Peter gab seinen Posten als Ingenieur auf und fand drei Wochen später einen neuen in Béziers. Blanca war Pilotin. Nach der Geburt ihrer zweiten Tochter wurde sie es leid, zu ihrem Arbeitsplatz fliegen zu müssen. Sie gründete ein Unternehmen, das mittlerweile so gut läuft, dass Peter mit eingestiegen ist.

Blanca liebt und unterstützt die Kunst. Dazu hat sie viel Gelegenheit, denn hier leben viele, die Kunst machen. Hält man zum Beispiel auf dem Dorfplatz an, dann sieht man, dass die Terrasse vor Christianes Haus kein Café ist und der eiserne Stierkopf an der Wand ein Kuhkopf. Richard hat ihn aus den Drähten, mit denen man die Weinreben festbindet, gemacht. An einem Morgen konnte sich der Vorbeiziehende darüber wundern, dass in den Hörnern der Kuh Unterhosen hingen – Zeichen einer Laune des menschenscheuen Antiquitätenhändlers aus dem Haus nebenan. Richard wohnt mit Clara zusammen. Clara malt Menschen. Unzählige Menschen, in allen Lebenslagen. Dabei schauen sie immer etwas traurig drein, so als würden sie sich fragen, was sie da

machen. Ihre Schöpferin weiß es meistens auch nicht. Sie entdeckt ihre Kreaturen in dem Moment, in dem sie sie malt.
Kurz vor dem Dorfplatz, in dem Haus mit den blauen Fensterläden und der Marienstatue, wohnt, seit sie aus dem Quebec zurück ist, Christ. In ihrem Atelier unter dem Dach ist es im Sommer zu heiß, im Winter zu kalt und dazwischen regnet es rein. Christ macht aus und mit allem Kunst. Sie gehört mit zu denen, die im Frühjahr ihr Atelier für die *galets rouges* öffnen, die roten Kiesel.
Ein ganzes Aprilwochenende lang stolpert man in Plaissan, Tressan und Puilacher über rote Steine, die wie im kleinen Däumling den Weg zu den Ateliers weisen. Bei uns zeigt Claude seinen Schmuck und seine Skulpturen und ich meine Bücher. Im *Domaine du Pioch*, wo es im Sommer die Tapas gibt, stellt Bérénice ihre Gravuren aus.

Vor ein paar Monaten hatte sie mich gebeten, ihr zur Inspiration einen meiner Texte zu geben. Ich wählte eine Kurzgeschichte: Das Blatt, das nicht vom Baum fallen wollte. An einem späten Herbsttag hatte ich einmal wieder die Linde mit der herzförmigen Krone von gegenüber beobachtet und mich gefragt, was wohl in einem Blatt vorgehen mag, das nicht welken und vom Baum fallen will. Diese Geschichte gab ich Bérénice. Sie machte daraus eine ganze Reihe von Kompositionen aus Blättern und subtil gesetzten Farben, die pünktlich zu den *galets rouges* fertig war.
Diese Bilder stelle ich zusammen mit meiner Geschichte aus. Als Michèle und Jean-Michel vorbeikommen, sozusagen die Paten der Geschichte, da der Baum bei ihnen steht, sehen sie mich ungläubig an:
- *Mais c'est incroyable!* Unglaublich! Wir küren jedes Jahr das letzte Blatt mit dem Oscar!

Endivien-Apfel-Gratin

Endivien halbieren und in eine Auflaufform legen.
Apfelspalten, Nüsse oder Schinkenspeck darauf verteilen.
Salzen, pfeffern, mit Olivenöl beträufeln
Und für etwas 1 Stunde bei 180° in den Ofen.

Bérénice lebt in Bouzigues: einem Städtchen gegenüber von Sète, das so aussieht wie Saint Tropez, bevor Brigitte Bardot begann, ihre Hüften über die Uferpromenade zu schwingen. Sie ist Teil einer Künstlergruppe, die von Jo, einer Malerin, die zwischen Plaissan und Nizza lebt, ins Leben gerufen wurde.
In ihrem ersten gemeinsamen Projekt hat jedes Mitglied Auszüge seiner Arbeit in einem Heft zusammengefasst. Diese Hefte wanderten von einem zum andern und inspirierten jeden Teilnehmer zu eigenen Kreationen. So webte sich über zwei Jahre lang ein Netz zwischen den verschiedenen Arbeiten. Das Resultat waren fünfzig Werke – Gemälde, Skulpturen, Installationen – die schließlich in einer alten Burg im Burgund ausgestellt wurden.
Ratilly liegt mitten in der weichen burgundischen Wald- und Wiesenlandschaft und sieht aus wie die ein paar Kilometer entfernte Burg *Guédelon,* die in langjähriger Projektarbeit mit Baumethoden des Mittelalters renoviert wird. Nur fertig. Eine Woche lang schliefen wir hinter meterdicken Mauern und aßen vor einem offenen Kamin, in den eine ganze Kuh gepasst hätte. Während die anderen tagsüber ihre Ausstellung aufbauten, machte ich eine Erinnerungsreise quer durch das *Département.* Denn genau hier in dieser Gegend war ich kurz vor der Jahrtausendwende in Frankreich angekommen!

So verbindet sich in einem Netzwerk, das sich auf subtile Weise von Ort zu Ort, von Augenblick zu Augenblick und von Mensch zu Mensch webt, das Gegenwärtige mit dem Vergangenen. An einem Abend bei Henri kam ich neben einem eleganten Herrn zu sitzen, der sich mit Joaquin vorstellte. Ein Spanier, der in Stockholm und in Barcelona lebt. Er schreibe Lerntexte und Lehrbücher für Spanisch. Darunter das Buch, mit dem ich vor dreißig Jahren an der Hamburger Universität Spanisch gelernt hatte: *Eso es!*

Seeschnecken mit Aioli

Seeschnecken in einen Topf mit kaltem Wasser legen, Kräuter der Provence hinzugeben, 20 Minuten köcheln lassen. Im Wasser abkühlen lassen. Abtropfen. Für die Sauce 1 Eigelb, 2 TL scharfen Senf, eine Prise Salz, Cayenne-Pfeffer und eine kleingehackte Knoblauchzehe mit dem Mixer vermischen. Während des Mixens langsam Sonnenblumenöl und Olivenöl hinzugeben, sodass eine feste Mayonnaise entsteht. Zu den Seeschnecken servieren.

In Puilacher kommt es immer wieder zu überraschenden Begegnungen. Doch es gibt immer noch keinen Bäcker, kein Café, keine *Epicerie* – nur einen Brotautomaten, der hinter dem Brunnen aufgebaut wurde. Der Tisch und die Stühle, die wir daneben gestellt hatten, in der Hoffnung, damit einen Treffpunkt ins Leben zu rufen, wurde vor allem von der Brotfrau zum Abstellen ihrer Ware genutzt, wenn sie morgens den Automaten fütterte. Es war ein Verlustgeschäft. Eines Nachts kamen ein paar Jugendliche auf die Idee, den Automaten umzukippen. Er begrub unsere Kontaktecke unter sich und wartet seitdem darauf, abgeholt zu werden.
Es fehlt also weiterhin ein Ort für spontanes und alltägliches Zusammenkommen. Glücklicherweise gibt es Christophe. Er kommt aus Bouzigues und verkauft Austern. Er ist *das* Ereignis der Woche! Jeden Freitag, pünktlich gegen halb zwölf, fährt er eine erste Runde durch das Dorf und verkündet über ein Megafon seine Ankunft. Dann hält er vor unserem Haus.

Claude richtet es so ein, zu diesem Zeitpunkt anwesend zu sein. Meistens steht er schon vor der Ankunft des Wagens vor der Tür. Er ist nicht der einzige, der auf die frische Ware aus Bouzigues wartet. Aus allen Teilen des Dorfes kommt man zusammen, um sich mit den Früchten der Lagune einzudecken.

So sind wir bei unserem freitäglichen Mittagessen oft nicht allein. Wir teilen den Fang mit Olivia, Lolo, Camille und Etienne. Camille ist Claudes Nichte. Wie Olivia hat sie bei Claude das Goldschmieden gelernt. Eine Zeit lang lebte sie gewissermaßen als Tochter des Hauses mit uns, bis Etienne kam. Er konnte seinen Chef in Lyon von den Vorteilen der Fernarbeit überzeugen und ein Haus in Aniane erstehen.
Mit viel Schwung und wenig Erfahrung begann er, es zu renovieren. Etienne schreckt vor nichts zurück, auch nicht davor, Lolos Ratschläge in den Wind zu schlagen. Er probiert alles aus. Seine neueste Idee ist es, in den verborgenen Flussläufen des Hérault nach Gold zu schürfen. Seitdem trägt er immer ein kleines Döschen bei sich, dessen Inhalt er mit der verschmitzten Miene eines Trüffelsammlers Interessierten zeigt, ohne sich über die Fundorte zu äußern.

Während wir wöchentlich die Austern aus Bouzigues genießen, schwärmt Astrid von denen aus Tarbouriech. Astrid ist in Holland ein Fernsehstar und kommt nach Puilacher, um ihre Ruhe zu haben. Die Austern aus Tarbouriech, so schwärmt sie, seien *formidables*, etwas ganz Spezielles. Das liegt gewissermaßen an ihrer besonderen Erziehung. Ein Züchter ist auf die Idee gekommen, die guten Bedingungen des mediterranen Klimas mit denen des Atlantiks zu kombinieren: Er hat ein solarbetriebenes Hebesystem erfunden, mit dem er die Gezeiten imitieren kann. Seine Austern verbringen sechs Stunden im Wasser und sechs Stunden außerhalb. Das Resultat sei ein besonderes Geschmackserlebnis. Doch auch der Preis

ist etwas ganz Besonderes und wir begnügen uns weiter mit den günstigeren Schwestern aus Bouzigues.
In einem Sommer lädt Astrid uns schließlich ein, um uns von ihrem guten Geschmack zu überzeugen. Am frühen Abend fährt sie mit ihrem zweisitzigen schwarzen Cabrio bei uns vor und lässt mich einsteigen. Claude fährt mit den anderen in unserem braunbeigen Clio hinterher. In tiefen Ledersitzen lasse ich mich jenseits der erlaubten Geschwindigkeit durch die Abendsonne in Richtung Meer fahren. Wir müssen pünktlich da sein, um vom Sonnenuntergang etwas zu haben. Es sei der beste Moment, um Fotos zu machen.
- *Tout le monde est beau dans cette lumière.* In diesem Licht sieht jeder besonders gut aus.

Während wir auf die anderen warten, besichtige ich das Etablissement. Am Eingang der einfachen, von Wind und Wetter hell gebeizten Holzhütte hängt ein Schild mit der Aufschrift *Saint Barth.* Und tatsächlich fühlt man sich wie in eine exotische Welt versetzt. Wir durchqueren einen Verkaufsraum und die Halle, in der die Austern sortiert, abgewogen und verpackt werden, und gelangen endlich zu den Räumen, in denen die Früchte der Arbeit degustiert werden. Der gesamte *Etang de Thau* breitet sich vor unseren Augen aus, in dessen Mitte die Sonne kurz davor ist, das Wasser zu berühren. Astrid hat nicht zu viel versprochen.
Zum Aperitif gibt es Champagner auf dem Steg. Für das Menu erwartet uns ein einfacher, elegant gedeckter Tisch. Und hier erleben wir am eigenen Gaumen, was eine Tarbouriech-Auster von allen anderen unterscheidet. Dazu gibt es einen frisch-herben *Picpoul de Pinet* aus den Anbaugebieten nebenan. Währenddessen spielt eine Jazzband in einem ausrangierten Holzboot am Ufer. *C'est parfait!* Erst später erfahren wir, dass die Hälfte der Austern des *Etang de Thau* dieselbe Kinderstube genießt, nur weniger gut vermarktet wird.

Pistou

*3 Knoblauchzehen im Mörser fein zerstoßen,
ebenso etwa 10 gewaschene und getrocknete Basilikumblätter
und 30 g Pinienkerne.
Mit der Gabel frisch geriebenen Parmesan
zerdrücken und untermischen,
nach und nach etwa 3 EL Olivenöl hinzufügen,
bis eine sämige Mischung entsteht.
Schmeckt gut zu Gemüsesuppen, Spaghetti, Lamm.*

Im Frühjahr darauf lerne ich Tarbouriech von einer weiteren Seite kennen. Christ bezieht hier eine *résidence d'artiste:* eine großzügige, ausrangierte Fischerkate, deren Veranda direkt bis ans Wasser der Lagune reicht. Ihr Projekt besteht daraus, über Generationen weitergegebene Objekte in einer Plexiglaskugel im Wasser treiben zu lassen und dabei zu fotografieren.

Die Objektbesitzer wohnen dem Ereignis bei. In der Vormittagssonne empfängt uns ein reich gedeckter Tisch mit Austern, Terrinen, Käse, Wein und Fischsuppe: eine Spezialität, die mit knusprigen Croûtons, geriebenem Käse und der *Rouille*, einer Sauce aus Knoblauch, roten Pfefferschoten, Safran und Olivenöl gereicht wird. Während des Essens bezieht sich der Himmel und Wind kommt auf. Besorgte Blicke wandern in Richtung Lagune. Unerschrocken begibt sich die Gastgeberin mit hüfthohen Gummistiefeln und Fischerhose ausgestattet ins Wasser – und verschiebt ihr Projekt auf einen milderen Tag.

Auf dem Rückweg fahre ich über die Dörfer. Bei schönem Wetter sieht man hier auf einer Bank und dort vor einem Hauseingang kleine Grüppchen älterer Herrschaften sitzen, die das vorbeiziehende Geschehen beobachten. Ist der Fußgänger oder das Gefährt vorbei und außer Hörweite, wird kommentiert. In Puéchabon werden diese Zusammenkünfte

Sénat genannt und in Aniane *Tournesols*, die Sonnenblumen. Hier müssen sie im Gegensatz zu Puilacher nicht lange warten, bis etwas passiert.

In meiner alten Heimat gibt es nicht nur eine Post, drei Bäcker, einen Friseur, vier Cafés, einen Schlachter und ein von Engländern geführtes Restaurant, sondern auch einen Kolonialwarenladen. Seit dem letzten Krieg eine feste und nicht mehr aus Aniane wegzudenkende Instanz. 365 Tage im Jahr geöffnet. Filhol *père* hatte ein fröhliches Gemüt. Während dieser die Bestellungen seiner Kunden mit Gesang zu unterlegen pflegte, hat Filhol *fils* zwar den Laden, nicht aber das unbeschwerte Temperament seines Vaters geerbt.

Das Geschäft sieht bis heute aus wie zu Arthémons Zeiten: Das einzige Schaufenster ist seit Jahrzehnten nicht mehr dekoriert worden und stellt neben Badelatschen, Wärmflaschen, Kaffeekannen, Wäscheklammern, Schrauben, Taucherbrillen und künstlichen Blumen auch eine beachtliche Kollektion verstaubter Spinnweben aus. So wird schon vor dem Eintreten deutlich: Hier findet der interessierte Kunde wirklich alles!
Man erreicht dieses *cabinet de curiosités* über einen langen, schlecht ausgeleuchteten Gang. Damit man sich nicht umsonst diese Mühe macht, hängt neben dem Eingang und weithin sichtbar ein grüner Plastikkanister, wenn der Laden geöffnet und sein Betreiber nicht auf Liefertour ist. In einem Raum, dessen Ausmaß und Form unmöglich zu schätzen sind, da er nur unter Aussparung von ein paar schmalen Gängen bis unter die Decke vollgestellt ist, findet man neben Reinigungsartikeln, Handwerkerbedarf, Gartengeräten, Konserven, Seifen, Kosmetik- und Strandartikeln, Zahnbürsten Gummistiefeln, Besen, Kochtöpfen, Badematten, Reißzwecken und Tapeten alles, was man sich an Nützlichem vorstellen kann.
André arbeitet rund um die Uhr, außer am Samstagabend. Da geht er tanzen, wenn es ihm seine Hüfte erlaubt. Den Rest der

Zeit steht er den Bedürfnissen und Wünschen seiner Kunden zur Verfügung. Sein Laden ist nicht nur täglich bis in die späten Abendstunden geöffnet. Er betreibt außerdem einen Lieferservice für schwer zu Transportierendes wie zum Beispiel Gasflaschen. Bis nach zehn Uhr abends schleppt er sie treppauf und treppab, schließt sie an und wieder ab, und lässt sich danach gerne zu einem Schwätzchen nieder. Hat er dann einmal Platz genommen, darf das Geschäft eine Weile ruhen.

Patia à la tante Hélène

*Kartoffeln Sorte Mona Lisa am Vortag kochen und im Wasser lassen.
Am nächsten Tag pellen und in feine Scheiben schneiden.
Mit Zwiebelringen in einen gusseisernen Topf schichten, das Ganze vollkommen mit Crème fraîche bedecken und 4 bis 5 Stunden bei niedrigster Temperatur und geschlossenem Deckel ohne Umrühren garen lassen.*

André gehört bei vielen mit zur Familie. Er kennt sie alle und versorgt sie mit Nützlichen, vom Anfang bis zum Ende. Ihm gleich kam nur Olivier, der Arzt des Dorfes. Jederzeit konnte man ihn rufen. Er kam immer. Nachdem seine Frau sich wegen seines frenetischen Arbeits- und Lebensrhythmus nach Marokko zurückgezogen hatte und nur noch gelegentlich zu Besuch auftauchte, bekam er bei seinen Patienten zu essen. Wenn man ein gesundheitliches Problem hatte, musste man ihm nur sagen, welches Medikament man haben wollte. Er war entgegenkommend und so biegsam wie das Schilfrohr am Ortsausgang. Stets ging er auf die Wünsche seiner Patienten ein. Er verstand sie alle, denn er hatte dieselben Krankheiten wie sie. Nur schlimmer.

Olivier hatte ein Faible für Jazz. In seiner knappen freien Zeit trug er in den Sommermonaten seinen Synthesizer auf die Terrassen der Cafés und in die *Guinguettes*, die Restaurants unter freiem Himmel, die überall aus dem Boden sprießen, und spielte auf, so lange man ihn hören wollte. An einem Sonntagmorgen im Frühjahr trat er in seinen Garten hinaus, bekam einen Herzinfarkt und war auf der Stelle tot. Viele hörten den Hubschrauber, über den vergeblich versucht wurde, ihn zu retten. Kurz darauf erfuhr das ganze Dorf über die Lautsprecher, was für einen Verlust es erlitten hatte.

Mit Olivier ging eine ganze Generation. Die Zeit des winzigen und verschrumpelt wirkenden alten Spaniers aus der *Rue de la Musique*, der sich ausschließlich von Rotwein ernährte und den Vorbeigehenden in seiner nur durch eine schwache Glühbirne erleuchteten Garage seine selbstgezüchteten Kürbisse verkaufte, ist vorbei. Auch das vollmundige spanisch-französische Kauderwelsch derer, die vor Francos Diktatur geflohen waren und ihre Kultur mitgebracht haben, wird immer seltener. Was jedoch nicht ausstirbt, sind die Handaufleger und Geistheiler, die es immer noch in so gut wie jedem Dorf gibt. Und natürlich die Friseure.

Soufflé aus Hokaidokürbis

Kürbis halbieren und mit dem Löffel die Kerne entfernen.
In Stücke schneiden, mit der Haut dampfgaren und pürieren.
Geriebenen Parmesan hinzugeben und mit Pfeffer,
Salz und Muskatnuss würzen.
3 Eier trennen, das Eigelb zum Kürbis geben,
das Eiweiß steif schlagen und vorsichtig unterheben.
Die Masse in eine hohe Auflaufform geben
und im Ofen bei 180 Grad etwa 30 Minuten garen.

Friseure sind eine Klasse für sich. Einige von ihnen kommen ins Haus oder stellen sich mit ihrem Friseurmobil zu bestimmten Tagen auf den Marktplatz. Diese umgebauten Lieferwagen sind oft phantasievoll gestaltet, damit man sie schon von Weitem erkennt. Neben Kamm und Schere ist der über Generationen verehrte und unsterblich gebliebene Johnny Halliday eines der beliebtesten Motive: vorne kurz, hinten lang.

Serge hat sich als Stilikone die englische Königin ausgesucht. In seinem *Hair Salon* gegenüber der Post von Plaissan ziert sie in mehrfacher Ausführung das in poppigem Grün, Orange und Gelb gehaltene Interieur. Das Alter von Serge ist ebenso schwer zu schätzen wie das seiner Inneneinrichtung. Sein Haar ist schon ziemlich ausgedünnt. Er trägt es mit einer langen, immer etwas fusselig wirkenden Strähne, die ihm vorne ins Gesicht fällt. Serge liebt eng anliegende Kleidung und T-Shirts in unwahrscheinlichen Mustern und Farben und lackiert sich im Sommer die Zehennägel in unterschiedlichen Blau- und Grüntönen.

Wenn ich anrufe, um einen Termin zu bekommen, klingt es jedes Mal zunächst so, als sei er über Wochen ausgebucht. Meistens klappt es jedoch für den übernächsten Tag. Empfangen werde ich von seinem Assistenten, einem jungen, langmähnigen Mann, der ausschließlich dazu angestellt zu sein scheint, Haare zu waschen, Lockenwickler abzudrehen und seine Piercings zu zeigen.

Im *Hair Salon* herrscht reges Treiben. Denn Serge ist weit über das Dorfschild hinaus bekannt. Hier wird keine Zeit damit verbracht, die Haare des vorherigen Kunden wegzufegen und auch die Beratung fällt kurz aus, da Serge weiß, was seine Kundschaft wünscht. Schließlich kommen die meisten seit Jahren und Serge vergisst nichts. Er schneidet, wickelt, frisiert, zupft mit Kennerblick und einem verschmitzten Lächeln im Gesicht, so als könne er die Sprache der Haare verstehen. Wenn er einen Kopf fertiggestellt hat, braucht es stets noch ein paar Minuten, in denen er mit den Händen knetet, modelliert, legt, verstrubbelt und wieder glattstreicht. Als folgte er einem

geheimen Signal, das nur er zu hören in der Lage ist, reißt er plötzlich die Arme hoch und verkündet:
- *Voilà.* Fertig

Wenngleich ich mit Serges Diensten sehr zufrieden bin, zieht es mich gelegentlich nach Clermont l'Hérault zu Jeanne. Ihr Laden hat nichts mit dem von Serge gemein. Hier tritt man in ein Universum aus Graffitikunst und Industriedesign. *Très tendance.* Das Publikum jedoch ist etwa dasselbe wie in Plaissan. Jeanne frisiert alle. Sie selbst trägt ihren Kopf meistens rasiert und ihre Beine in Lederhosen. In ihren Adern fließt spanisches Blut. Das wird mir klar, als sie auf dem Sommerfest bei Annie und Olivier nicht Kamm und Schere, sondern ein Mikrofon in der Hand hält und Rumba singt. Sie röhrt mit unermüdlicher Energie, mischt sich unter ihr Publikum, geht in die Knie, hält die Position, kommt problemlos wieder hoch - und steht am nächsten Tag frisch wie der junge Morgen wieder im Salon.

Wahlverwandtschaften

Mangold-Gratin

*Mangold in Stücke schneiden und in Olivenöl garen.
½ Glas Weißwein, Salz, Pfeffer, Kräuter der Provence,
gepressten Knoblauch, frischen Kurkuma
und Ingwer hinzugeben.
Köcheln lassen. In eine Auflaufform geben,
mit Parmesan bestreuen.
Bei 180° ungefähr 20 Minuten im Ofen backen.*

- Bonjour, comment vas-TU? Wie geht es DIR?

Wir wohnten noch nicht lange in Puilacher, als uns Suzon zu ihren Freunden auserkor, obwohl ihre Puschen von Zazou als Beute zu uns getragen wurden. Sie selbst sieht aus wie ein zarter, aus dem Nest gefallener Vogel. Schnell bot sie uns das Du an, was in einer Generation, die sich von ihren Schwiegertöchtern und –söhnen siezen lässt, selten ist. Seitdem gehört sie sozusagen zur Familie.

Wir diskutieren über das Leben im Allgemeinen und die Politik im Besonderen. Suzon hat ihr Herz auf der Hand und ihre Zunge nicht immer im Zaum. Claude bekam von ihr zu hören, sein Haar sei zu lang und mache ihn alt. Auch im Umgang mit anderen macht sie dem Beinamen, den ihr Vater ihr gab, alle Ehre: Suffragette. Als sie ihren langjährigen Arzt verdächtigte, mit seinen allzu regelmäßigen Besuchen das Loch in der *sécurité sociale* zu vergrößern, forderte sie ihn in Anwesenheit seines verdutzten Praktikanten ebenso freundlich wie bestimmt auf, seine Siebensachen einzupacken und nicht mehr wiederzukommen:

- *Monsieur, prenez vos outils et partez. Je n'ai plus besoin de vos services.*

Auch vergaß sie nicht die Bemerkung einer besorgten Nachbarin, die sie kurz vor ihrem Umzug zu Momo, einem von Rachids Brüdern, davor warnte, in das Haus einer

marokkanischen Familie zu ziehen. Ob sie denn keine Angst hätte. Man würde dort gewiss Hunde und Katzen verspeisen. Als Suzon diese Nachbarin an einem Wahlsonntag wiedertraf, teilte sie ihr mit einem freundlichen Lächeln mit, dass sie nun auch Hunde und Katzen essen würde.
- Und wissen sie was? Es ist *dé-li-cieux*. Ausgezeichnet.

Karamellisierte Aprikosen

Reife Aprikosen in 2 Hälften teilen,
entkernen und mit der Innenseite nach oben
in eine Auflaufform legen.
Mit flüssiger Sahne begießen und mit Zucker bestäuben.
Bei 180° backen.
Die Aprikosen sind fertig,
wenn Zucker und der Saft der Früchte karamellisieren.

An Direktheit wird Suzon nur durch *les filles* überboten: die Mädchen. Sie sind ein Überbleibsel meiner ersten Schule in Montpellier und haben es sich in den Kopf gesetzt, Claude und mich als *les parents* zu adoptieren. Am ersten Unterrichtstag saßen mir die beiden mit regloser Miene gegenüber, während ich, sorgfältig prononcierend und betont langsam sprechend, zunächst mich und dann das Programm auf Spanisch vorstellte. Ob sie mich in diesem Tempo verstehen würden?
- Kein Problem. Ich bin Spanierin.
Das war Anne-Laure. Zwei Jahre lang bestand der Unterricht daraus, dass die beiden machten, was sie wollten. Danach realisierte Kristina ihren Traum, ging nach Spanien und wurde Lehrerin. Anne-Laure wurde nach ihrer kommerziellen Ausbildung erst Friseurin, dann Courtier für Versicherungen, dann Pharmaberaterin und schließlich Lebenscoach, nachdem wir ihr ausgeredet hatten, Krankenschwester zu werden.
Beide kommen regelmäßig vorbei, bringen Geschenke und erzählen in einem Tempo, das unsere volle Konzentration

erfordert, von ihren neuesten Abenteuern. Schon vorher wird unsere Neugierde angestachelt:
- *Eh, les parents, on a beaucoup de choses à vous raconter!* Wir haben viel zu erzählen!

Über die Jahre sind wir eine Art Kalender geworden, in den alle wichtigen Ereignisse eingetragen werden. *Les filles* siezen uns hartnäckig, nennen uns dabei keck Claudinou und Kerstinette und tanzen uns weiter auf der Nase herum.

So wie *les filles* uns als Eltern adoptiert haben, habe ich beim Eintritt in meine Schwiegerfamilie Claudes großen Bruder adoptiert. Jean-Lou ist Dekorateur, hat eine Zeitlang in Saudi-Arabien Paläste mit künstlichen Blumen versehen und war seit seiner Rückkehr nach Lyon aufgrund seiner Liebe zu schönen Dingen stets knapp bei Kasse. Er bewohnte eine großzügige, hochgelegene Altbauwohnung, die nach Außen den Blick auf die Kette der Alpen und den Mont Blanc freigab und nach Innen auf ein unbeschreibliches Durcheinander aus Möbeln, Dekorativem, Gartenzeitschriften aus drei Jahrzehnten, Farben und Werkzeug. Man konnte sich nur über schmale und je nach Bedarf sich verschiebende Passagen von einem Zimmer ins nächste bewegen und, nachdem man ein paar Stapel Wäsche, Bücher und Pinsel zur Seite geschoben hatte, auf einer Ecke eines geräumigen Louis-XVI-Sofa Platz nehmen.

Als ältester Spross einer vielköpfigen Familie interessiert sich Jean-Lou für die Geschichte seiner Ahnen. Sein Ziel ist es, bis zu Pippin dem Jüngeren, einem Vetter Karls des Großen, vorzudringen. Auf seinen Streifzügen durch die Geschichte stieß er auf den wohlklingenden Name einer entfernten Kusine, die alleine und kinderlos in der väterlichen Wohnung gegenüber dem Invalidendom wohnte, die seit vierzig Jahren keinen Pinsel mehr gesehen hatte. Ihren Dank für seine Gesellschaft gab sie darüber zum Ausdruck, ihm zu ermöglichen, sein Appartement neu auszustatten, während sie selbst nicht einmal eine funktionierende Küche hatte und ihre Konserven auf der Heizung erwärmte.

Als Nicole verstarb, stand Jean-Lou als Alleinerbe in ihrem Testament. Er erstand eine Familiengruft auf der *Croix Rousse*, bettete alle bisher verstorbenen Familienmitglieder um und zog selbst in eine bequeme Parterrewohnung mit Garten und mehreren Parkplätzen, auf denen mittlerweile gleichzeitig ein Jaguar, ein BMW-Cabriolet und ein weißer Rolls Royce stehen.

Das Zuviel seiner materiellen Güter schwappt wie eine Woge auf die Haushalte der übrigen Familienmitglieder über. Nach der Ankunft des Louis-XVI-Sofas, eines eisernen Wohnzimmertisches, eines mit Intarsien gearbeiteten Spieltisches, diversen antiken Lampen, Stapeln alter Zeitschriften, Sticktücher, Handschuhe und Regenschirme, Überbleibsel aus den Beständen von Nicoles Impulsivkäufen, sind wir vorsichtig geworden und signalisieren: Wir brauchen nichts mehr.

Der größte Teil von Jean-Lous Schätzen wandert in ein altes Landhaus in der Auvergne mit rauchgeschwängerten Holzbalken, knarrenden Dielen und Türen, die mit dicken Eisenriegeln verschlossen werden. Es gehörte einst *Tonton Jackie*, der dort seine Orgel einbauen ließ und ausschweifende Partys feierte. Hier gibt es Platz für die ganze Familie und, dank Jean-Lou, keinen Mangel an Betten, Kommoden, Teppichen und vielerlei Sitzmöbeln. Das Klima zwischen den hohen Tannen der Auvergne ist so rau, dass der große offene Kamin im Wohnzimmer das ganze Jahr über gerne genutzt wird. Um einen riesigen Eichentisch unter niedriger Decke sitzen nicht selten um die zwanzig Personen. Die Logistik ist kein Problem: Jeder bringt mit und jeder fasst mit an, während Jean-Lou im Garten die Rosen schneidet.

Apfeltarte à la Jo

*Für den Teig in einer Schüssel 200 g Mehl
und 100 g kleine Stückchen
sehr kalter Butter miteinander vermischen.
Etwas Salz hinzugeben.
Die Mischung grob mit etwas sehr kaltem Wasser vermischen.
Die Butterstückchen bleiben dabei ganz!
Etwa 1 Stunde ruhen lassen.
Ausrollen und in einer gut gebutterten Form auslegen.
Äpfel pellen, in Viertel schneiden und auf dem Teig verteilen.
Mit (vorzugsweise rotem) Zucker bestäuben.
Im auf 200° vorgeizten Ofen schnell backen,
damit der Teig knusprig bleibt.*

Am Morgen ist man damit beschäftigt, auszuschlafen, einen Platz im einzigen Badezimmer zu ergattern, Kaffee nachzumachen und das Mittagessen zu planen. Ich gehe mit Christine auf Fototour, verlaufe mich beim Spaziergang mit Odile und versuche, mich bei Maud zu inspirieren. Maud macht Kleider. Jedes Teil ein Einzelstück. Sie trägt ihre Kreationen, eine Menge Tattoos und lange, pechschwarze Haare in allen möglichen Frisurenvarianten. Sie ist wie umschwirrt von Blumen, Schmetterlingen, Spitzen, Glitzer und langen Ketten. Denn Maud ist eine Fee.

Tatsächlich trägt sie in einer riesigen Beuteltasche, die sie immer bei sich hat und mit der man problemlos in jeder Lebenslage überleben kann, einen Zauberstab. Dieser Stab aus funkelndem Plastik mit einen Stern an der Spitze kommt zum Einsatz, wenn zum Beispiel in der Metro zwei Personen aneinandergeraten. Maud schwingt ihren Stab und rollt mit den Augen – und wird dabei so verdutzt angesehen, dass die Verzauberten gewöhnlich von ihrem Streit ablassen.

Bedauerlicherweise wirkt das nicht immer in der temperamentvollen und unübersichtlichen Familie, in die ich hineingeheiratet habe und zu der eine undurchdringliche Schar von Cousins, Cousins von Cousins und Freunden der Familie zählt. Im Hause meiner Schwiegereltern waren alle willkommen. An den Weihnachtsabenden fanden am Tisch meiner Schwiegermutter nicht nur ihre Kinder, Enkel und Urenkel Platz, sondern auch die Freunde der Enkel, die an diesem Abend alleine gewesen wären. Zu jedem Anlass werden Teller und Gläser dazugestellt und niemand bleibt außen vor.

Zucchini-Tarte mit Ziegenkäse

Aus 200 g Mehl, ½ Glas Olivenöl, Wasser und Salz einen Teig zubereiten.
Zucchini und Schalotten in feine Scheiben schneiden und anbraten.
Frischen Kardamom und geriebene Orangen- oder Zitronenschalen hinzugeben.
Salzen und pfeffern.
Mischung auf dem Teig verteilen.
Mit schwarzen Oliven, in Scheiben geschnittenen Ziegenkäse und Pinienkernen garnieren.
Für etwa 30 Minuten bei 180 Grad in den Ofen.

Damit man sich nicht aus den Augen verliert, wird in jedem Jahr eine *Cousinade* veranstaltet. Den Anfang machte Philippe. Er war bei Bocuse in die Lehre gegangen und hatte lange die *Tour Rose* in Lyon geführt, bevor er sich in die Einsamkeit der Ardèche zurückzog und seitdem nur noch für Freunde und Familie kocht. In Scharen folgte man seinem Ruf. Bei diesen Treffen ist die Vergangenheit niemals weit. Alle erinnern sie sich an die Ferien in *Babouchka*, dem Haus der Großeltern an der Atlantikküste, in dem am 15. August nicht selten hundert Personen zusammenkamen. Für die Erinnerungsfotos wurden die Kinder nach Altersgruppen sortiert, weil sie sonst nicht alle ins Bild gepasst hätten.

Für meine Schwiegermutter kam es einer Heldentat gleich, ihre sieben Kinder, die sie innerhalb von neun Jahren zur Welt gebracht hat, in Lyon in einen Zug zu packen und nach mehrmaligem Umsteigen an ihren Ferienort zu bringen. Sie spannte kleine Hängematten zwischen die Gepäcknetze für die Kleinsten, die dann von unten von den Größeren gepiesackt wurden. Während Frau und Kinder ihre gesamten Ferien mit Badefreuden verbrachten, kam das Familienoberhaupt, mit dem heimischen Stoffhandel beschäftigt, den er mit seinen Brüdern betrieb, nur für ein paar Tage zu Besuch. Er machte sich weder etwas aus seiner Schwiegermutter, noch aus dem Ozean und gab sich ihm nur ein einziges Mal pro Sommer hin. Zusammen mit seinen zwei besten Freunden, die den gleichen Vornamen trugen wie er, bestieg er voll bekleidet und mit theatralischen Gebärden den Atlantik, während eine schaulustige Menge zusammenlief und die drei Jean bei ihrem jährlichen Bad begleitete.

Dorade auf Fenchelbett

*1 Fenchelknolle in kleine Stücke schneiden,
in einer Pfanne mit Olivenöl 10 Minuten bei starker Hitze garen,
mit 1 gepressten Knoblauchzehe, Salz, Pfeffer, ½ Glas Weißwein,
und wenn vorhanden etwas Pastis
5 Minuten köcheln lassen.
In eine Auflaufform geben,
Fisch (Dorade, Wolfsbarsch, Drachenkopf) darauf legen,
dünne Scheiben Tomate und Zitrone auf dem Fisch verteilen
25 Minuten bei 190° garen.*

Es ist spät geworden. Das Licht des zu Ende gehenden Nachmittags spielt mit dem Laub des wilden Weins, der die Theaterbühne umrankt. Seitdem wir ihn bezogen haben, hat sich der Innenhof in ein dichtes, grünes Kleid gehüllt. Hier wächst, was wachsen will. Zehn Jahre sind vergangen, seit wir das erste Mal hier standen und wussten: hier ist es. Hier

wollen wir sein. Viele Male schon waren Freunde und Familie aus dem Norden zu Besuch und mittlerweile kommt die nachwachsende Generation alleine.
An einem Septembernachmitag kommt Björn. Bettina hat ihn hergeschickt, nachdem er bei einer Wandertour in den Pyrenäen vom frühen Schnee überrascht wurde und vergessen hatte, eine entsprechende Ausrüstung mitzunehmen. Björn liebt die Natur, die richtige, die raue, die unerbittliche, unberechenbare Natur. Es macht ihm nichts aus, stundenlang durch feuchten Morast zu waten, in steilen Berghängen zu biwaken oder wochenlang seinen Schlitten durch die Polarkälte zu ziehen.

Während er sich bei uns aufwärmt und bei Austern und einem guten Schluck Rotwein wieder zu Kräften kommt, erzählt er, dass er kürzlich seinen Jagdschein abgelegt habe. Eine formidable Sache.
- Bring etwas mit!
hörte er seine Frau aus der Küche rufen, als er zu einem seiner ersten Jagdabenteuer auszog. Den ganzen Tag über hallte ihm dieses Wort in den Ohren. Ob aus mangelnder Erfahrung oder aus Weidmanns Pech – es gelang ihm nicht, etwas zu erlegen. Doch am Ende der Jagd konnte man erstehen, was die anderen erlegt hatten. Björn wählte ein Reh.
Mit dem Tier im Kofferraum erreichte er das gemeinsame Heim in einer der elegantesten Wohnstraßen Hamburgs, fand jedoch keinen Parkplatz vorm Haus, sondern ein paar hundert Meter entfernt. Gerade wollte er sich daran machen, das Reh zu schultern und den verbleibenden Weg zurückzulegen. In dem Moment jedoch, in dem er den Kofferraum geöffnet hatte, kamen Spaziergänger vorbei, die mit befremdetem Blick zurückwichen, als sie seinen Inhalt erkannten. Björn schloss den Kofferraum wieder und überlegte.

Ihm wurde bewusst, in welch misslicher Lage er sich befand. Es war kurz vor Weihnachten. Alles war festlich und heimelig dekoriert. In sanftem Kerzenlicht drückten sich Kindernasen an Fensterscheiben und hielten Kinderaugen nach dem Weihnachtsmann und seinen Rentieren Ausschau.
- Und ich hatte das tote Bambi im Kofferraum!

Er machte sich daran zu versuchen, das Reh unbemerkt ins Haus zu schaffen. Der Kofferraum wurde erneut geöffnet, dieses Mal jedoch mit dem Zeigefinger sorgfältig auf dem Hebel, der das Innenlicht daran hindert, anzugehen. Das Tier wurde aus dem Auto gezogen und unauffällig in Stoßstangenhöhe ein paar hundert Meter bis zum Haus transportiert. Danach vier Stockwerke ohne Fahrstuhl bis zur Wohnung. Vorsichtshalber deponierte er es im dritten Stock.
- Hast du etwas mitgebracht, Schatz?

klang es aus der Küche am anderen Ende des Ganges. Bettina dachte dabei an ein handliches, appetitlich zubereitetes und bereits verpacktes Stück Wild, das sich bequem im Gefrierfach des Kühlschrankes unterbringen ließe. Ihr Mann berichtete stolz, dass er Besseres zu bieten hatte.

Was sich daraufhin abspielte drohte, die Ehe zum Zerbrechen zu bringen.
- Entweder ich oder das Tier!

Fassungslos fragte sie ihn, ob er denn wüsste, wo sie wohnen, und wo er das Reh denn lassen wolle.
- Auf dem Balkon.

Wie eine Fahne sollte es dort abhängen, sichtbar aus allen vier Himmelsrichtungen? Wo sollte es aufgebrochen und zerlegt werden? Das Veto war so deutlich, dass der unglückliche Jäger sich auf die Suche nach einer Alternative machen musste. Erfolglos versuchte er, es im Kühlraum des nächsten Supermarktes unterzubringen und fand nach langem Suchen schließlich über einen befreundeten Waidgenossen eine Lösung.

Schweinerippchen auf Bohnenkraut

*Ein Backblech mit Bohnenkraut auslegen,
Rippchen darauf legen,
mit Olivenöl und Sojasauce begießen
und im Ofen um die 200 Grad
etwa eine halbe Stunde kross braten.*

Als wir abends im Bett lagen, konnten wir vor Lachen nicht einschlafen. In den Tagen von Björns Besuch wurden wir täglich mit neuem Stoff versorgt, wozu vor allem die spätsommerlichen Regengüsse und Überschwemmungen beitrugen. In Sète saß er auf dem *Cimetière Marin* fest. Wie ein Wachsoldat vorm Buckingham Palast wartete er in einem der schmalen Grufthäuschen darauf, dass die Wassermassen, die vom Himmel auf ihn herabstürzten, sich mäßigten. In einer Kirche verlor er seinen Hut, den er schließlich im Pfarrhaus wiederfand. Zwischendurch ging er immer wieder zum Fischmarkt an den Hafen, in der Hoffnung, die Austern, die er zum Abendessen mitbringen wollte, erstehen zu können. Doch bei dem Wetter war alles ungewiss und er wurde immer wieder vertröstet. Als er sich endlich mit leeren Händen auf den Heimweg machte, war wegen der Überschwemmungen ein Teil der Brücke zwischen Plaissan und Puilacher weggebrochen, was ihn daran hinderte, auf direktem Wege zu uns zu kommen.

Durch die Überschwemmungen war das Trinkwasser für eine Weile ungenießbar geworden. In diesem Fall organisieren die Gemeinden einen Service, der die Betroffenen täglich mit frischem Wasser versorgt. Jeder bekommt einen Bon für zwei Flaschen pro Tag. Ein Lastwagen hält auf dem Dorfplatz, man steht Schlange und erfährt von den Nachbarn, wie es im Umkreis aussieht: Weinfelder stehen komplett unter Wasser und sind ruiniert, in Bélarga wurde der Garten des Bürgermeisters von einem normalerweise wasserlosen Nebenarm des Hérault fortgespült und in Saint Pargoire sind ganze Straßenzüge überschwemmt.

Um die Wartezeiten zu verkürzen, holt Claude Gläser und Pastis. So werden aus Katastrophen immer wieder Gelegenheiten, zusammenzukommen, wie in der Nacht, als bei einem schweren Gewitter ein Baum auf die Hauptstromleitung fiel und das Dorf stundenlang in Dunkelheit tauchte. Besorgte Bewohner traten aus ihren Häusern und versammelten sich auf dem Platz. Mancher sprach von Weltuntergang.

- Aber vorher können wir vielleicht noch eine rauchen. Will einer eine Zigarette?

Das war Uschi, die sich durch nichts so schnell aus der Ruhe bringen lässt.

Rote Beete à la Claude

*Rohe Rote Beete in Scheiben schneiden und mit Olivenöl anbraten.
Kokosmilch, grüne Currypaste, Walnüsse, frischen Knoblauch, Salz und Pfeffer und etwas Wasser hinzugeben und etwa 1 Stunde bei niedriger Temperatur köcheln lassen.
Zum Beispiel mit Linsen servieren.*

Die Welt ist nicht untergegangen. Schäden werden behoben, Wasser versickert im Boden und der Alltag nimmt wieder seinen Lauf. Auch der Weg nach Sète ist wieder frei. Wir sind verabredet. Constanze ist da, meine Freundin aus dem Burgund, mit der ich Spanischunterricht gegen Klavierstunden getauscht hatte. Constanze hat ihre Passion zu ihrem Beruf gemacht und organisiert Kammermusikkonzerte.

Sie hat ein Haus in Sète, in dem sie gegen Ende des Sommers ein paar Tage mit ihrer wachsenden Familie verbringt. Als ich sie dort das erste Mal besuche, bekomme ich genaue Anweisungen:
- Du kommst durch die große Tür rein, gehst aber nicht geradeaus die Treppe hoch. Rechts ist eine kleine Tür, die wie eine Schranktür aussieht. Da gehst du durch.

Wie Alice im Wunderland stehe ich im Innenhof eines versteckten Hinterhauses, in dessen Mitte eine ausladende Palme ihr Blattwerk schützend über einen großen Esstisch ausbreitet. Hier ist eines von Constanzes Reichen. Jeder Raum strahlt eine eigene, immer leicht verjährt wirkende Eleganz aus, die sich von Flohmärkten, Reisen, Geerbtem und viel Phantasie nährt. Sie lässt Brunnen in tote Ecken bauen, bringt Spiegel dort an, wo Räume zu eng wirken, spielt mit Spalieren und Licht und schafft es, selbst in den verlorensten Bau Atmosphäre zu bringen.

Constanze ist eine Häuserflüsterin. Seit ich sie kenne, stöbert sie Wohnungen und Häuser auf, deren Charme und Potential sie allein erkennt. Als ich das erste Mal in einem kleinen burgundischen Dorf zu ihr komme, gibt sie eine Mondparty. Fackeln weisen den Gästen den Weg über den dicht bewachsenen Hügel hinter ihrem Haus, vorbei an den Bassins eines alten *Lavoirs*, in denen früher die Wäsche gewaschen wurde. Aus der geheimnisvollen Dämmerung tritt man schließlich auf eine kleine Lichtung, auf der das Essen angerichtet ist und leise Musik spielt.

Seitdem bin ich so oft es geht bei ihr. In Sète treffen wir uns am Strand in einer der *Paillotes*, einfachen Strandhütten aus Holz, die in jedem Herbst wieder abgebaut werden. Hier kann man tagsüber im Liegestuhl in der Sonne liegen und abends Cocktails trinken und Meeresfrüchte essen. Während sich der Mond voll und silbern aus dem Meer erhebt und seine Reise über den nächtlichen Himmel antritt, erzählen wir uns von dem Erlebten der letzten Zeit.

Sardinen-Tian

*Etwa 1 kg frischen Spinat waschen,
abtropfen lassen und klein schneiden,
in einem Topf mit Olivenöl und 2 ganzen Knoblauchzehen garen
bis das Wasser vollständig verdunstet ist.
Salzen und pfeffern.
Das Gleiche e mit 1 kg Mangold wiederholen.
50 g Reis garen, kalt abspülen und abtropfen lassen.
In einer Schale 4 Eier, Reis, Spinat, Mangold,
100 g geriebenen Parmesan, Salz und Pfeffer vermischen.
In eine geölte Auflaufform eine etwa 2cm dicke Schicht
der Gemüse-Parmesanmischung geben,
darüber etwa 800 g Sardinenfilets (vorzugsweise frisch) geben,
und darüber den Rest der Gemüse-Parmesanmischung.
Bei großer Hitze 20 Minuten garen und die letzten 10 min
auf höchster Stufe gratinieren.*

Diese Augenblicke sind so schön, dass ich die Bitte von Georges Brassens nur zu gut verstehen kann, ihn an diesem Strand zu begraben: *Supplique pour être enterré à la plage de Sète*. In einer kleinen behaglichen Mulde in der Nähe der *Corniche*, zwischen Himmel und Wasser und neben dem ausladenden Schirm einer Pinie wollte er zur Ruhe kommen, damit diejenigen, die ihn dort besuchen, keinen Sonnenbrand riskieren.

Dieser Wunsch wurde ihm verwehrt. Brassens liegt auf dem *Cimetière Le Py* und bekam ein eigenes Museum in seiner geliebten, lebendigen Stadt. Bunte Fassaden, Wäsche vor den Fenstern, schmale Straßen, breite Kanäle und nicht zu zählende Cafés und Restaurants.

Hier treffen wir Gauthier. Sein Vater war Maler und hat ihm eine beachtliche Sammlung bunter Szenen aus dem Leben in

Sète hinterlassen. Eines seiner Lieblingsthemen waren die jährlich stattfindenden *Joutes*, Turniere, bei denen zwei gegnerische Mannschaften versuchen, sich mit langen Lanzen gegenseitig vom Boot ins Wasser zu stoßen. Dicht an dicht sitzen die Zuschauer an den Ufern der Kanäle und feuern ihre Mannschaften an, während die Boote aufeinander zu rudern. An ihren Spitzen stehen, tapferen Rittern gleich, die kräftigsten Söhne der Stadt, die sich wappnen, den Gegner zu Fall zu bringen.

Gauthier wohnte lange im väterlichen Erbe: einer großen alten Villa direkt an der *Corniche*, der Strandpromenade der Stadt. Das letzte Haus seiner Art. Seine ineinander verschachtelten Räume waren über und über mit Bildern behangen und mit Kunst und Kuriosem vollgestellt. Von Gauthiers Atelier in der obersten Etage hatte man einen ungehinderten Blick über das Meer und durch ein mächtiges Kaleidoskop konnte man in den weiten Sternenhimmel blicken. Im Garten stand eine riesige Zeder, die sich schützend über das gesamte Anwesen ausbreitete, und man musste nur die Straße überqueren, um zu baden.

Als ich dieses Traumhaus eines Tages im Vorbeifahren Freunden zeigen will, ist es nicht mehr da! An seiner Stelle klafft ein gigantisches, braunes, schmutziges Loch. Schockiert rufen wir bei Gauthier an.

- Was um Himmels Willen ist passiert?

Er erzählt uns, dass das Haus unbedingt renoviert werden musste. Natürlich stehen bei einem solchen Objekt die Promoter Schlange und drängten zum Verkauf.

- *Jamais!* Niemals!

Oder doch? Nach langem Hin und Her war ein geeigneter Käufer vorstellig geworden, der dem Charme der Immobilie, vor allem aber der riesigen alten Zeder im Garten verfiel und sich von den Renovierungskosten nicht abschrecken ließ. Kurz vor Abschluss des Vertrages fiel die Zeder um. Ohne einen bestimmten Grund krachte sie einfach zu Boden und legte noch im Fall schützend ihre Zweige um die alten Mauern, ohne sie auch nur im Geringsten zu beschädigen. Das übernahm wenig später ein schwer beladener Lastwagen der, vom Mont Saint Clair herunter kommend, eine Kurve nicht richtig nahm und in das Haus hineinkrachte. So entstand eine elegante und hochmoderne Wohnanlage, in der Gauthier damit beschäftigt ist, die Baumängel zu zählen.

Überbackene Miesmuscheln

*Muscheln säubern und in einem großen Topf
bei hoher Temperatur erhitzen.
Sobald sie geöffnet sind vom Feuer nehmen.
Die Hälften mit dem Muschelfleisch mit der Schale nach unten
in einer großen Pfanne nebeneinander legen.
Mit Paniermehl bestäuben,
gepressten Knoblauch und großzügig Olivenöl darüber geben.
5 bis 10 Minuten lang bei kleiner Hitze gratinieren lassen.
Mit frischer Petersilie oder frischem Koriander servieren.*

Im Wechsel der Jahreszeiten und Ereignisse fühle ich mich umfangen von diesem Leben zwischen *Garrigue* und Meer. Silbern flimmert und funkelt es und an bestimmten Tagen mögen einem die darüber hinweg fliegenden Wolken tatsächlich wie Engel erscheinen. So besingt es Charles Trenet in seinem Lied: *La Mer*.

An einem der letzten Spätsommerabende kommen noch einmal alle am Strand zusammen. Guy hat zur *Brasucade* eingeladen, auf offenem Feuer gegrillten Muscheln. Wir treffen uns am Strand von *La Tamarissière* bei Agde, dort, wo der Hérault ins Mittelmeer fließt. Nachdem er, von seiner Quelle in den Cevennen kommend, das ganze Département durchzogen

hat, trifft er hier auf das große, weite Wasser. Zwei Leuchttürme markieren seine Vereinigung mit dem Meer.
Während einige in der warmen Abendsonne baden, heben andere mit ein paar Spaten einen kreisförmigen, knietiefen Graben aus. Die Mitte dient als Tisch, der Rand als Sitzbank. Tischdecken und Windlichter werden aufgedeckt, dazu das, was jeder mitgebracht hat. In der ausrangierten Trommel einer alten Waschmaschine wird ein Holzfeuer entfacht, darüber kommt das Blech mit den Muscheln, leicht schräg gelegt, damit das Wasser ablaufen kann, wenn sie sich öffnen. Dann werden die Muscheln mit Olivenöl begossen, in dem Zwiebeln, Knoblauch, Thymian und allerlei scharfe Gewürze mariniert haben.
Diese Momente sind für mich, als würde ich im Glück baden. Ich spüre Gemeinschaft, Freundschaft, Verbindung, Wärme, Leichtigkeit, Freiheit. Gibt es Schöneres? Menschen kommen zusammen, erfinden, gestalten und teilen miteinander. Jemand fängt an zu singen. Wir sind von Schönheit umgeben. Vor uns das sanft wogende Meer und das spielerische Plätschern der Wellen am Strand. Und über uns der mächtige Nachthimmel in seiner unfassbaren Unendlichkeit.

Hier lasse ich mich vom Fluss der Erinnerungen an Land spülen. Es ist genug für heute, auch wenn lange nicht alles gesagt ist und jeder Mensch, jede Begegnung, jedes Ereignis die Tür zu einer neuen Welt ist. Yvette nebenan schließt ihre Fensterläden. Seit zehn Jahren wird sie nicht müde, uns zu bitten, möglichst nicht leise zu sein. Gerade ist sie 90 Jahre alt geworden. Wenn ich sie besuche, erzählt sie von den alten Zeiten und dem Krieg, den unsere Nationen gegeneinander führten. Jeden Abend vorm Einschlafen gedenkt sie ihrer Toten. Sie zählt sie, wie andere Leute Schafe.

In ein paar Tagen werde ich sie zu Suzon zum Kaffeetrinken begleiten. Die beiden werden sich viel zu erzählen haben und Suzon wird am Abend dieses Tages wie an jedem Tag in ihr Notizbuch schreiben, was ihr Freude bereitet hat. Manchmal ist es nur ein Gedanke, etwas ganz Kleines und Nichtiges. Doch aneinandergereiht werden die Ereignisse wie zu einer funkelnden Perlenkette.

La vie est belle - Es sind unsere Alten, die uns daran erinnern. Beim letzten Boules-Turnier war es wieder einmal Pit, der es auf den Punkt brachte:
- Wenn ich das in Deutschland meinen Freunden erzähle, dann glaubt mir das keiner.

Seine klaren, blauen Augen strahlen. Im nächsten Sommer wird auch er 90. In ein paar Tagen wird er mit Uschi zurück in den Norden fahren, elf Stunden lang. Ganz entspannt. Im Februar, nach seinem Skiurlaub, werden die beiden zurückkommen in dieses Dorf, das eigentlich gar nichts Besonderes ist. Es hat nicht einmal ein Café. Nur zwei Bushaltestellen, einen Briefkasten und einen nicht funktionierenden Brotautomaten.

ZUM APERITIF

Tapenade
Entkernte grüne und schwarze Oliven, Kapern, Anchovis, gemahlene Mandeln, 1 Knoblauchzehe, Saft einer Zitrone, Olivenöl und Pfeffer im Stabmixer zu einer streichbaren Paste verarbeiten.

Sardinendip
1 Dose Sardinenfilets und Butter mit dem Stabmixer zu einer streichbaren Paste verarbeiten. Mit Salz, Pfeffer und Kräutern der Provence würzen.

Basilikum-Hummus
Kichererbsen, Olivenöl, Tahin (Sesampaste), Salz, Pfeffer, reichlich frische Basilikumblätter und etwas Wasser mit dem Stabmixer zu einer streichbaren Paste verarbeiten.

Petersiliencreme
1 Bund platte Petersilie, 1 kleine Dose Anchovis, getrocknete Tomaten, geriebene Mandeln, geriebenen Parmesan und Olivenöl mit dem Stabmixer zu einer streichbaren Paste verarbeiten. Schmeckt auch gut mit wilder Rauke.

Tomaten-Mandel-Dip
100 gr Mandelpulver, 50 gr Haselnusspulver, 1 kg gepellte und pürierte Tomaten, großzügig Knoblauch, frische Minze, Olivenöl, etwas Essig, scharfe Paprika, Salz und Pfeffer zu einem Dip vermischen.

Rote Paprika mit Knoblauch
Reife Paprika längs in schmale Streifen schneiden, salzen, pfeffern, großzügig mit Olivenöl beträufeln und für etwa 1 Stunde bei mittlerer Hitze in den Ofen. Immer wieder

umrühren. Wenn die Paprika anfangen, weich zu werden, schwarze Oliven und geriebenen Knoblauch hinzugeben.

Würzige Kräuter-Parmesan-Carrés

200 g Mehl, 125 g Butter, 50 g Parmesan und eine Prise Salz miteinander vermischen, ein Ei hinzugeben. Ein paar Stunden im Kühlschrank ruhen lassen. In mehrere Teile teilen und nach Gusto würzen (Anis, Thymian, Kreuzkümmel, Kräuter der Provence, ...). Ausrollen, in kleine Vierecke schneiden. Auf ein mit Backpapier ausgelegtes Blech legen und etwa 10 Minuten bei 180 Grad im Ofen garen.

Cake mit Roquefort und Walnüssen

3 Eier, 150 g Mehl, 1 Päckchen Backpulver, etwa 100 ml Olivenöl, ebenso viel warmes Wasser, Salz und Pfeffer miteinander zu einem dickflüssigen Teig verarbeiten. Roquefort und Walnüsse hinzufügen und mit dem Teig verrühren. In eine mit Backpapier ausgelegte Kastenform geben und eine gute halbe Stunde bei etwa 180 Grad im Ofen garen. Grundrezept geht auch mit schwarzen Oliven, getrockneten Tomaten und Chorizo oder mit dem, was sonst zur Hand ist.

VORSPEISEN UND BEILAGEN

Salatdressing
In einem leeren Marmeladenglas scharfen Senf, Sojasauce und Pfeffer verrühren. Nach und nach Olivenöl hinzugeben und mit geschlossenem Deckel kräftig durchschütteln, damit eine dickflüssige Konsistenz entsteht. Kurz vor dem Servieren über den Salat träufeln, ohne ihn zu „ertränken".

Seeschnecken mit Aioli
Seeschnecken gut abspülen und in einen Topf mit kaltem Wasser legen. Kräuter der Provence hinzugeben, 20 Minuten köcheln lassen. Im Wasser abkühlen lassen. Abtropfen. Für die Sauce 1 Eigelb, 2 TL scharfen Senf, eine Prise Salz, Cayenne-Pfeffer und eine kleingehackte Knoblauchzehe mit dem Mixer vermischen. Während des Mixens langsam Sonnenblumenöl und Olivenöl hinzugeben, bis eine feste Mayonnaise entsteht.

Pistou
3 Knoblauchzehen im Mörser fein zerstoßen, ebenso etwa 10 Basilikumblätter und 30 g Pinienkerne. Mit der Gabel frisch geriebenen Parmesan zerdrücken und untermischen. Nach und nach etwa 3 EL Olivenöl hinzufügen, bis eine sämige Mischung entsteht. Schmeckt gut zu Gemüsesuppen, Spaghetti, Lamm.

Tomatentarte
Aus 200 g Mehl, ½ Glas Olivenöl, Wasser und Salz einen formbaren Teig zubereiten. Ausrollen und auf einem geölten Backblech ausbreiten. Mit Senf bestreichen und geriebenen Käse darüber geben. In möglichst dünne Scheiben geschnittene Tomaten darauf anordnen. Mit Oregano, Salz und Pfeffer würzen. Im vorgeheizten Ofen bei etwa 180° backen.

Zucchini-Tarte mit Ziegenkäse

Aus 200 g Mehl, ½ Glas Olivenöl, Wasser und Salz einen Teig zubereiten. Zucchini und Schalotten in feine Scheiben schneiden und anbraten. Frischen Kardamom und geriebene Orangen- oder Zitronenschalen hinzugeben. Salzen und pfeffern. Mischung auf dem Teig verteilen. Mit schwarzen Oliven, in Scheiben geschnittenen Ziegenkäse und Pinien- oder Sonnenblumenkernen garnieren. Für etwa 30 Minuten bei 180 Grad in den Ofen.

Tarte mit Käseresten

Aus 200 g Mehl, ½ Glas Olivenöl, Wasser und Salz einen Teig zubereiten. Kleine Stückchen von allen möglichen Käsesorten geben. Je verschiedener desto besser! Pfeffern (nicht salzen). Im vorgeheizten Ofen backen.

Pissaladière

6 bis 8 große Zwiebeln in Stücke schneiden und langsam in Olivenöl anbraten. Regelmäßig umrühren und eine gute halbe Stunde lang karamelisieren lassen, ohne dass die Zwiebeln anbrennen. Salzen und mit Kräutern der Provence würzen. Währenddessen 250 g Weizenmehl, etwa 3 EL Olivenöl, ein Päckchen Backpulver, eine Prise Salz und etwas Wasser zu einem homogenen Teig verarbeiten. Ausrollen und auf ein Backblech legen. Anstechen, die Zwiebelmischung darauf verteilen. Mit Anchovifilets, schwarzen Oliven und Knoblauchzehen *en chemise* (mit ihrer Haut) garnieren. Während etwa 30 Minuten im Ofen backen.

Mangold-Tourte

Für den Teig 200 g Mehl in eine Schüssel geben. In eine Mulde ½ Glas Olivenöl, Salz und Wasser geben und schnell zu einem formbaren Teig verarbeiten. Den Ofen auf 180° vorheizen. Für die Füllung wird nur der grüne Teil der Mangoldblätter benutzt. Über Dampf oder in Wasser garen. Abtropfen lassen und klein schneiden. Etwas Reis (kein Basmati!) *al dente* kochen. Eine große Zwiebel anbraten. In einer Schale Mangold, 1 Ei, den Reis, die Zwiebel, Parmesan oder anderen geriebenen Käse mit etwas Schmand vermischen. Salzen und pfeffern. Teig ausrollen und so in eine Kuchenform legen, dass mit den überstehenden Enden die ganze Tarte bedeckt werden kann. Die Mischung auf dem Teigboden verteilen und mit dem überstehenden Teig vollständig bedecken. In den vorgeheizten Ofen, bis sie goldbraun ist. Ist besonders gut am nächsten Tag. Schmeckt auch gut mit Zucchini.

Pikante eingelegte Garnelen
Gegarte Garnelen unter fließendem Wasser abspülen, Kokosmilch mit scharfer grüner Currypaste, geriebener Schale und Saft von grünen Zitronen und kleingehacktem Ingwer verrühren. Garnelen hinzugeben und ein paar Stunden im Kühlschrank marinieren lassen.

Fenchel-Thunfischsalat
Fenchelknollen säubern, längs durchschneiden und in etwa 1cm dicke Scheiben schneiden. In eine Salatschüssel geben und mit dem Saft einer Zitrone beträufeln. Mit einer kleinen Dose Thunfisch, Orangenstückchen und Olivenöl vermischen. Salzen, pfeffern und kalt stellen.

Weißkohlsalat
Weißkohl in feine Streifen schneiden und mit gebratenen Schinkenwürfeln, Krabben, Surimi, Apfelspalten, Pampelmusenstücken, Walnüssen und etwas Reis vermischen. Mit Olivenöl und Zitronensaft beträufeln, mit Pfeffer, Gomasio und reichlich frischem Koriander würzen.

Salat aus Honigmelone und Feta

Honigmelone und Feta-Käse in mundgerechte Stücke schneiden, frische Minzblätter kleinschneiden und dazugeben. Mit Olivenöl beträufeln. Schmeckt ebenfalls gut mit Wassermelone.

Endivien –Apfel-Gratin

Endivien waschen, halbieren und in eine Auflaufform legen. Apfelspalten und Scheiben von Schinkenspeck darüber verteilen. Salzen, pfeffern, mit Olivenöl beträufeln und für etwa 1 Stunde bei 180° in den Ofen.

Zucchini-Flan

Zucchini in Scheiben schneiden und in der Pfanne anbraten. Schalotten, frische Ingwer- und Kurkumawurzeln und Knoblauchzehen klein hacken und dazugeben. 6 große Eier mit der Gabel vermischen, salzen, pfeffern und die Zucchini-Mischung unterrühren. Das Ganze in eine mit Backpapier ausgelegte Kastenform geben und bei 180 Grad etwa 40 Minuten im Ofen garen.

Auberginencrumble

Auberginen waschen, in Scheiben schneiden und mit ein paar feingeschnittenen Schalotten in reichlich Öl anbraten. Frische reife Tomaten in Stücke schneiden und garen, bis sie einen Großteil ihrer Flüssigkeit verloren haben. Mit etwas Bikarbonat entsäuern. Alles miteinander vermischen und mit Salz, Cayennepfeffer und frischem Basilikum würzen. Aus Mehl, Olivenöl, geriebenem Parmesan, Salz, Pfeffer und Kräutern der Provence einen krümeligen Teig zubereiten und auf der Masse verteilen. Für etwa 30 Minuten bei 180° in den Ofen.

Grüner Spargel mit Safran
Frische grüne Spargelstangen in Stücke schneiden, in der Pfanne in Olivenöl bissfest anbraten. Mit Salz, Pfeffer und Safranfäden würzen.

Auberginengratin
Auberginen in etwa 1 cm dicke Scheiben schneiden, mit Salz bestreuen und mindestens 1 Stunde lang durchziehen lassen. Abspülen und abtropfen lassen. In Olivenöl anbraten. Aus reifen Tomaten eine dickflüssige Tomatensauce zubereiten. In einer Auflaufform eine Schicht Auberginenscheiben, eine Schicht Tomatensauce und eine Schicht Mozarellascheiben legen, Parmesan und etwas Crème fraîche darüber geben. Pfeffern (nicht salzen). So lange wiederholen, bis alle Zutaten aufgebraucht sind. Mit Parmesan enden und im Ofen gratinieren.

Tomatengratin
6 reife Tomaten halbieren und Kerne und Saft herauspressen. Im Küchenmörser 1 Knoblauchzehe und 1 Anchovifilet zerkleinern, 1 Bund Petersilie kleinschneiden und damit vermischen. Tomaten mit der Schnittfläche nach oben in eine Auflaufform legen und die Petersilien-Knoblauch-Anchovimischung hineinfüllen. Mit Paniermehl bestäuben, Olivenöl darüber träufeln, mit Pfeffer würzen und bei hoher Temperatur während 20 Minuten im Ofen garen.

Gratin Dauphinois
Mehlig kochende Kartoffeln Typ Bintje oder Mona Lisa schälen und kochen. Danach nicht abspülen und in feine Scheiben schneiden. In eine flache Auflaufform schichten, mit Salz, Pfeffer und geriebener Muskatnuss würzen. 1 Liter flüssige Crème fraîche oder Sahne darüber gießen. Bei schwacher Hitze (etwa 100 Grad) 3 Stunden lang garen.

Safrangemüse

6 frische Zwiebeln in Olivenöl anbraten, 2 frisch gepresste Knoblauchzehen und 6 in Stücke geschnittene, entkernte und abgetropfte Tomaten hinzufügen. Wenn die Mischung anfängt zu köcheln, je nach Saison kleingeschnittene Gemüse hinzufügen: Auberginen, Karotten, Blumenkohl, grüne Bohnen, Paprika, Zucchini, Porree, Artischocken, ... Mit Wasser aufgießen, salzen und mit Safran, Curry oder Paprika würzen. Bei hoher Hitze 25 Minuten kochen lassen. Währenddessen Kartoffeln kochen und alles 5 Minuten zusammen köcheln lassen.

Rote Beete

Rohe Rote Beete in Scheiben schneiden und in Olivenöl anbraten. Kokosmilch, grüne Currypaste, Walnüsse, frischen Knoblauch, Salz, Pfeffer und etwas Wasser hinzugeben und etwa 1 Stunde bei niedriger Temperatur köcheln lassen.

Taboulé

Hartweizengrieß mit reichlich frisch gepresstem Zitronensaft beträufeln. Olivenöl und etwas warmes Wasser hinzugeben und gut vermischen. In kleine Stücke geschnittene Tomaten und frische Minzblätter unterrühren, salzen, pfeffern und ein paar Stunden durchziehen lassen. Schmeckt gut zu Merguez, kleinen, scharf gewürzten Würstchen aus Lammfleisch, und anderem Gegrillten.

Pikante Korallenlinsensuppe

Korallenlinsen, frischen Ingwer und Kurkuma und 1 Schalotte zusammen etwa 15 Minuten lang in Wasser kochen. Mit dem Stabmixer pürieren. Eine Dose Kokosmilch hinzugeben und mit Ras el-Hanout, Salz und Cayennefeffer scharf würzen.

HAUPTSPEISEN

Boeuf Bourguignon

Rindfleisch (wenn möglich die Wange) in mundgerechte Stücke schneiden, klein gehackte Knoblauchzehen, frischen Ingwer, Schalotten, geriebene Orangenschale, Muskatnuss, Kräuter der Provence, ein paar Lorbeerblätter, Salz, Pfeffer und etwas Paprikapulver hinzugeben. Mmit Rotwein bedecken und das Ganze über Nacht marinieren lassen. Am nächsten Tag das Fleisch abtropfen lassen, die Marinade dabei auffangen. Anbraten und mit etwas Mehl bestäuben. Die Marinade hinzugeben und so lange köcheln lassen, bis sie dickflüssig ist. Etwas schwarze Schokolade darin schmelzen.

Spaghetti mit Dreiecksmuscheln

500 g Dreiecksmuscheln gut abspülen, in einen Topf geben, etwa 10 Minuten garen, bis die Muscheln geöffnet sind. ½ Glas von dem entstandenen Sud aufbewahren. 1 Knoblauchzehe, 1 Schalotte und glatte Petersilie klein hacken. In einem Topf in Olivenöl anbraten, den Muschelsud, ½ Glas Weißwein, 2 Teelöffel Tomatenmark und 1 Teelöffel Natron hinzugeben. Mit *Rouille* (eine pikante Gewürzmischung aus Paprika, Cayennepfeffer, Knoblauch, Koriander und Salz), Fenchelsamen und etwas geriebener Zitronenschale würzen. Reduzieren lassen, bis eine dickflüssige Sauce entsteht. Gut verrühren, Muscheln zu Sauce geben und warm halten. Währenddessen Spaghetti Nr.5 bissfest kochen und zusammen servieren.

Miesmuscheln à la Claude

Muscheln säubern, in einen großen Topf geben und bei starker Flamme erhitzen. Umrühren, bis die Muscheln sich öffnen, vom Feuer nehmen. Ein Glas von dem Sud aufbewahren. In einem Topf Olivenöl, Knoblauch, ein Stückchen frischen Ingwer und eine fein gehackte Schalotte geben, dazu zwei in kleine Stücke geschnittene, entkernte und abgetropfte Tomaten, etwas Tomatenmark, den Muschelsud, etwas Weißwein, Kräuter der Provence, Fenchelsamen, Pfeffer, Piment und etwas Honig. Die Mischung zur Hälfte einkochen lassen, zum Schluss etwas Safran hinzugeben. Die Muscheln aus den Schalen nehmen und mit der Masse vermischen. Vor dem Servieren mit frischem Koriander überstreuen.

Überbackene Miesmuscheln
Muscheln säubern und in einem großen Topf bei hoher Temperatur erhitzen. Gelegentlich umrühren. Sobald sie geöffnet sind vom Feuer nehmen. Die Hälften mit dem Muschelfleisch mit der Schale nach unten in einer großen Pfanne nebeneinander legen. Mit Paniermehl bestäuben, gepressten Knoblauch und großzügig Olivenöl darüber geben. 5 bis 10 Minuten lang bei kleiner Hitze gratinieren lassen. Mit frischer Petersilie oder frischem Koriander servieren.

Gratinierte Austern
Austern öffnen und das Wasser abgießen, auf einem Bett aus grobem Salz auf ein Backblech legen. Butter mit flacher Petersilie, etwas Knoblauch und Pfeffer vermischen, auf den Austern verteilen und mit etwas ungekochter Polenta bestreuen. 15 Minuten bei 180° im Ofen garen.

Sardinen-Tian
Etwa 1 kg frischen Spinat waschen und abtropfen lassen, klein schneiden, in einem Topf mit Olivenöl und 2 ganzen Knoblauchzehen garen, bis das Wasser vollständig verdunstet ist. Salzen und pfeffern. Das gleiche Prozedere mit 1 kg Mangold wiederholen. 50 g Reis garen, kalt abspülen und abtropfen lassen. In einer Schale 4 ganze Eier, Reis, Spinat, Mangold, 100 g geriebenen Parmesan, Salz und Pfeffer

vermischen. In eine geölte Auflaufform eine etwa 2cm dicke Schicht der Gemüse-Parmesanmischung geben, darüber etwa 800 g Sardinenfilets (vorzugsweise frisch), darüber den Rest der Gemüse-Parmesanmischung. Bei großer Hitze 20 Minuten garen und die letzten 10 min auf höchster Stufe gratinieren.

Marinierter Lachs
Frischen Lachs mit einem guten Messer in dünne, mundgerechte Lamellen schneiden. Saft von grüner Zitrone darüber träufeln, ohne ihn zu „ertränken". Dazu geriebene Zitronenschale, kleingehackten frischen Ingwer, Dill, Olivenöl. Salzen und pfeffern. Über den Lachs geben, kalt stellen und mindestens 1 Stunde marinieren lassen.

Dorade auf Fenchelbett
1 Fenchelknolle in kleine Stücke schneiden, in Olivenöl 10 Minuten bei starker Hitze garen. Mit 1 gepressten Knoblauchzehe, Salz, Pfeffer, ½ Glas Weißwein und, wenn vorhanden, etwas Pastis 5 Minuten köcheln lassen. In eine Auflaufform geben, den gesäuberten Fisch (Dorade, Wolfsbarsch oder Drachenkopf) darauf legen, dünne Scheiben Tomate und Zitrone darauf verteilen und 25 Minuten bei 190° garen.

Ratatouille
Auberginen halbieren, in Streifen schneiden und in einem großen Topf in Olivenöl anbraten. Wenn die Auberginen ansetzen, etwas Wasser hinzugeben. Zucchini und Schalotten in Scheiben schneiden und anbraten. Zu den Auberginen in den Topf geben. Tomaten halbieren und in Stücke schneiden, anbraten und dann, wenn sie einen großen Teil ihrer Flüssigkeit verloren haben, zu dem restlichen Gemüse geben. Mit frischem Knoblauch, Salz, Pfeffer, Kräutern der Provence, geriebener Zitronenschale und Honig würzen. Bei kleiner

Hitze köcheln lassen, bis alle Flüssigkeit eingekocht ist. Mit frisch geschnittenem Basilikum garnieren.

Patia à la Hélène
Kartoffeln Sorte Mona Lisa am Vortag kochen und in Wasser ruhen lassen. Am nächsten Tag pellen und in feine Scheiben schneiden. Mit ein paar Zwiebeln in einen gusseisernen Topf schichten, das Ganze vollkommen mit Crème fraîche bedecken und 4 bis 5 Stunden bei niedrigster Temperatur und geschlossenem Deckel ohne Umrühren garen lassen.

Soufflé aus Hokaidokürbis
Kürbis halbieren und mit dem Löffel die Kerne entfernen. In Stücke schneiden, mit der Haut dampfgaren und pürieren. Geriebenen Parmesan hinzugeben und mit Pfeffer, Salz und Muskatnuss würzen. 3 Eier trennen, das Eigelb zum Kürbis geben, das Eiweiß steif schlagen und vorsichtig unter die Kürbismasse heben. In eine hohe Auflaufform geben und im Ofen bei 180 Grad etwa 30 Minuten garen.

Mangold-Gratin
Mangold in Stücke schneiden und in Olivenöl garen. ½ Glas Weißwein, Salz, Pfeffer, Kräuter der Provence, etwas gepressten Knoblauch, frischen Kurkuma und Ingwer hinzugeben. Köcheln lassen. In eine Auflaufform geben, mit Parmesan bestreuen. Bei 180° 20 Minuten im Ofen goldbraun backen.

Brandade de Nîmes
800 g Stockfischfilets (in Salz eingelegter Kabeljau) gut abspülen. In eine Schale legen und mit kaltem Wasser bedecken. Innerhalb von 24 Stunden 2-3 Mal das Wasser wechseln. Am nächsten Tag Fischstücke kleinschneiden, 6 Knoblauchziehen abziehen und den grünen Keim entfernen.

Kartoffeln schälen und in Stücke schneiden, zusammen mit dem Knoblauch und dem Stockfisch in kaltes Wasser legen. Aufkochen lassen und während 20 Minuten bei kleiner Flamme garen. Abtropfen lassen, grob pürieren und dabei langsam etwa 25cl Olivenöl hinzugeben. In eine geölte Auflaufform geben, mit Muskatnuss und Pfeffer würzen. Während etwa 10 Minuten goldbraun werden lassen und mit Knoblauchcroutons servieren.

Parmentier de Canard

Entenconfit in kleine Teile schneiden und in einer Auflaufform verteilen. Kartoffeln und Sellerie kochen, mit etwas Milch zu einem Purée verarbeiten. Mit Salz, Pfeffer und Muskatnuss würzen und über dem Fleisch verteilen. Glattstreichen und mit der Gabel ein diagonales Raster ziehen. Für etwa eine halbe Stunde bei 180° in den Ofen.

Schweinerippchen auf Bohnenkraut

Ein Backblech mit Bohnenkraut auslegen, Rippchen darauf legen, mit Olivenöl und Sojasauce begießen und im Ofen um die 200 Grad etwa eine halbe Stunde kross braten.

Lammschulter

Lammschulter in einem Bräter in Olivenöl anbraten. Währenddessen einen Kopf Rotkohl und ein paar Äpfel in dünne Scheiben schneiden. Das goldbraun angebratene Fleisch aus dem Topf nehmen und die Rotkohl-Apfel-Mischung hinein, dazu Salz, Pfeffer, Wacholderbeeren, Kräuter der Provence, Knoblauch und Muskatnuss. Mit etwas Weißwein und/oder Wasser aufgießen. Die Lammschulter darauflegen und für mindestens 4 Stunden bei etwa 160 Grad in den Ofen.

Zitronenhühnchen in Kokoscreme
Hähnchenbrust in mundgerechte Stücke schneiden, Marinade aus kleingeschnittenem Ingwer, Schalotten, Knoblauch, geriebener Orangenschale, Salz, Pfeffer, Saft von frischgepresster Zitrone, Weißwein und Olivenöl über die Hähnchenbruststreifen geben, sodass sie bedeckt sind. Über Nacht im Kühlschrank durchziehen lassen. Das Fleisch in einem Topf mit dickem Boden anbraten, Marinade hinzugeben und langsam einkochen lassen. Kokoscreme unterrühren.

Geräucherter Hering in Porreecreme
Porreestangen waschen und in Stücke schneiden. Dampfgaren und mit griechischem Joghurt, Salz, Pfeffer, Fenchelsamen und geriebener Orangenschale mit dem Stabmixer zu einer Creme verrühren. Geräucherten Hering in kleine Stücke schneiden und unterrühren.

DESSERTS

Baisers mit Pinienkernen
4 raumwarme Eiweiß mit einer Prise Salz im Küchenmixer zu einer festen Masse aufschlagen. Nach und nach etwa 200 g Zucker und eine gute Handvoll Pinienkerne hinzugeben. Mit einem Teelöffel kleine Häubchen auf ein mit Backpapier ausgelegtes Blech legen. Im vorgeheizten Backofen bei 120° mindestens 30 Minuten fest werden lassen.

Fondant Marron-Chocolat
125 g Butter mit 200 g schwarzer Schokolade in einem Topf schmelzen lassen, 500 g Maronencreme und nach und nach insgesamt 4 ganze Eier hinzugeben. Dabei gut verrühren. Eine Kastenform mit Butter bestreichen und die Masse hineingießen. Bei 160 Grad 35 Minuten in den Ofen.

Birnen in Rotwein
Birnen schälen und in einen Topf geben. Vollständig mit einem guten Rotwein bedecken. Mit einer Vanilleschote, 4 oder 5 Nelken, ein paar Scheiben frischem Ingwer, 2 Zimtstangen und Sternanis würzen. Etwas (vorzugsweise roten) Zucker hinzugeben. Bei mittlerer Hitze und ohne Deckel köcheln lassen, bis der Wein eine dickflüssige Konsistenz annimmt. Dabei immer wieder umrühren. Birnen in einer Schale anordnen und mit dem Sirup begießen. Kalt stellen.

Tarte au citron
250 g Mehl in eine Schüssel sieben, 125 g Butter dazugeben und mit etwas Wasser zu einem homogenen Teig verarbeiten. Ausrollen und in eine gebutterte Kuchenform legen. Für die Füllung Saft und Fruchtfleisch von 4 Zitronen mischen, 150 g Zucker und 4 ganze Eier unterrühren. 60 g geschmolzene

Butter hinzufügen. Mischung auf den Teig gießen und im auf 180° vorgeheizten Ofen 40 min lang backen.

Apfeltarte à la Jo
Für den Teig in einer Schüssel 200 g Mehl und 100 g kleine Stückchen sehr kalter Butter miteinander vermischen. Etwas Salz hinzugeben. Die Mischung grob mit etwas sehr kaltem Wasser vermischen. Die Butterstückchen bleiben dabei ganz! Etwa 1 Stunde ruhen lassen. Ausrollen und in einer gut gebutterten Form auslegen. Äpfel pellen, in Viertel schneiden und auf dem Teig verteilen. Mit (vorzugsweise rotem) Zucker bestäuben. Im auf 200° vorgeizten Ofen schnell backen, damit der Teig knusprig bleibt.

Claires Früchtekuchen
3 Tassen Mehl, 2 Tassen braunen Zucker, ein Päckchen Backpulver, 4 Eier, 1 ½ Tassen Sonnenblumenöl in einer Schale miteinander vermischen. Etwa 1 Kilo geriebene Karotten, Nüsse, Mandeln, Rosinen, Sonnenblumenkerne und andere Körner nach Belieben mit der Teigmischung verrühren. In einer gebutterten Auflaufform während etwa 40 Minuten bei 180° im Ofen garen. Mit geschmolzener Schokolade übergießen.

Karamellisierte Aprikosen
Reife Aprikosen in 2 Hälften teilen, entkernen und mit der Innenseite nach oben in eine Auflaufform legen. Mit flüssiger Sahne begießen und mit Zucker bestäuben. Bei 180° backen. Die Aprikosen sind fertig, wenn Zucker und der Saft der Früchte karamellisieren.